著 望月JET
画 椎架ゆの
原作 ZION

いきなりサキュバス
～いちゃらぶ搾精ライフ～

ぷちぱら文庫

水樹ねむ
MIZUKI NEMU
お隣に住む、家族同然に育ってきた幼馴染。温和で世話好きな人柄で、お互い思春期を迎えた今も毎朝起こしに来てくれる。学園でも人気者。

目次

プロローグ 淫夢

——ああ、またこの夢だ。

連日、どうしようもなく気持ちのいい夢を見てしまう。人並みの性欲はあるけれど、夢に見るほど溜まっているとは思えない。

それなのに、今日も夢の中で股間が生温かい感触に包まれている。

『ん……ちゅぷ……おっきくなってきたよ』

女の子が細い指でやんわりと亀頭を掴む。反対の手は双玉を撫でていた。真っ赤な舌が尿道口に密着する。尖った舌先が鈴口をやさしく突《つつ》く。腰の辺りがじんわりと快感に包まれていく。

目線を股間に向ける。しかし、濡れた小さな唇と細い指は見えても、それ以外は夢ならではの焦れったい演出なのか、なんだかモヤモヤしていてはっきりわからない。股間から聞こえる声や華奢な体つきから女の子なんだろうけど、いったい誰が俺にこんなことをしてくれているのか。

亀頭の周りをぐるりと、女の子の舌先が撫でる。濡れた柔らかい舌が心地良い。もっと

見たい。舐めるのもいいけど、そろそろどんな女の子か知りたい。

「あ、あのさ。こっち見てくんない？」

『ん～、ちょっと恥ずかしい。代わりにあむって咥えてあげるから……許して？』

　愛らしく、小首を傾《かし》げる。頬が赤く染まったように見えた。違うそうじゃないと言いたいが、むしろご褒美だった。大歓迎する。

　女の子の口が開いて、濡れた亀頭が飲み込まれる。

　いよいよクライマックス――。

「うわっ？」

　いきなり、布団がめくれて冷たい空気にふれる。眩しい光が入ってきて、思わず固く目を瞑《つむ》る。

「おはよう拓夢《たくむ》」

ぼやける目を擦り、俺の名を呼ぶ声の主を見る。ちなみに名字は須栗《すぐり》だ。

「なんだ、ねむか」

遠慮なく布団をまくった女子は、俺と同い年で隣家に暮らす幼馴染みの水樹《みずき》ねむだ。物心つく前から一緒にいるから兄妹も同然で、そもそも遠慮なんて存在しなかった。

「なんだ……って、今日も起こしに来たんだよ？」

俺は寝返りを打ってふてくされる。せっかくのいいところを邪魔された。夢であっても、残念な気持ちに違いはない。

「べつにいいのに」

「一人で起きられたためし、ないじゃない。いいから起きて？」

ねむが俺の肩をゆさぶる。優しい揺らし方でさらに眠くなりそうだ。

「あと５分」

「そう言って何度も寝ちゃうループに入るつもりでしょ？」

ねむの意外と大きい胸が、布団越しに柔らかさを主張する。

「ほら。起きて？　揺さぶって起きないなら……」

ねむがかろうじて下半身に掛かっている布団まではぎ取ろうとする。俺は慌てて止めた。

「バカやめろっ！」

さっきの夢で俺のムスコはまだ天を仰いでいるのだ。それを見られるのは、さすがに幼馴染みでもまずい。親しき仲にも礼儀ありだ。

「ふふ、寝ぼけてるから力出てないよ？　私が……くっ、思いっきり引っ張れば……」

想像以上にねむの馬鹿力は強かった。応戦するが、寝起きであり、股間を隠そうとする俺は弱者だ。体格差で有利のはずが拮抗している。

「くっ……！　思いの外、抵抗してるじゃない」

「ガキのねむに負けるかっ」

「ガキじゃ、ないもの！　起きない拓夢のほうが、よっぽどガキだよ？」

「パンツ見せて布団引っ張ってるねむのほうが、ガキだっつうのっ」

「パンツ⁉　きゃあぁぁっ！」

ねむが急に手を放したので、俺は布団にくる

まってしまった。ああ、お帰り、俺のぬくぬくお布団。

「勝った……」

ねむがよろよろと起き上がる。スカートの前を手で押さえ込んでいた。

「勝ったも負けたもないよっ……ねぇ、見たの？」

「見た？」

「だから、パンツだよ……」

顔を赤くしながら、ねむがモジモジしている。

「ああ、見たよ。白で色気のないやつ」

「ハズレだもんね。白じゃなくて、ピンクでフリフリの可愛いやつなんだから」

ピンクのフリフリ？　ねむの奴、色気づいてそんなパンツ穿いてるのか？

「自分で言うか？　テキトーに白って言ったんだけど」

ねむが気づいてますます頬を赤くする。自らすすんで地雷を踏むとは。

やはり言うことは立派でも、内容はまだまだガキそのものだな。俺は鼻で笑った。

「べつにねむのパンツなんて、知りたくもないわ」

「私だって知られたくないよ！　今のは口が滑っただけだよ！」

男だったら、女の子のパンツに興味を示すところだろうが、まったく興味が湧かない。相手は幼馴染みのねむだ。今更パンツとか言われても……まぁ、見て欲しいって言われたら喜んで見るかもだけど。いや、見るんかい俺。

「ね、もう目が覚めたでしょ？　起きて学校行こう？」

確かに目は覚めたけど、股間のテントを見られたくはない。一応の羞恥心がある。

「んー。先に下行って」

「そんなこと言って。また寝たりしないよね？」

「疑り深いな。あ、わかった。俺の着替えが見たいのか？　男のストリップが好きなら」

「見たいわけないでしょうが！　もう……知らないっ」

ねむはそう言うと、急ぎ足で部屋から出て行ってしまった。

いつからだろう？　ねむが毎朝起こしに来るようになったのは。物心がついたときから、あいつは俺の部屋に出入り自由だった。そして、もうこの歳になったら俺から行くことはなくなったけど、昔は俺もあいつの部屋によく出入りしていた。ねむは、そこから癖みたいなもので起こしてくれているんだろうか。

おかげで毎朝遅刻せずに通学しているけど。

「あいつは面倒だって思わないのかな？」

適当に身支度をすませて、ねむと家を出る。俺たちは並んで歩き出した。いつもの朝だ。

「朝ご飯食べるのほんと速いよね」

「計算の上だ」

「せっかく卵焼き作っても、一瞬で食べちゃうんだもの。あれじゃ味わからないでしょ？」

ねむは料理が上手で、両親が仕事で不在がちな俺に朝飯を作ってくれる。毎回どれもとびきり美味しいから、そこは素直に感謝だ。

「大丈夫、全部美味しかったよ」

「ほんと～？　ふふ、適当なんだから～」

隣のねむが笑いながら、小首を傾げる。

こんな調子で、ねむと話をしながら学園に向かうのが日課だ。正直、幼馴染みだけど、お互い成長したんだから一緒じゃなくてもいいじゃないかって思うこともあるけど、ズルズル今日までできている。

（お互い好きな人なんてできたら自然と離れるのかな。ねむに彼氏とか……）

学園でのねむはモテる。俺（という幼馴染み）が隣にいても、告白なんてしょっちゅうだ。だけど、ねむはまだ一度も告白されてイエスと答えたことはない。

結構イケメンとか？　モテそうな爽やか系から告られているにもかかわらず。

（どんだけ理想高いんだろ？　それだけモテたら俺ならどっかで手を打つなぁ。たとえば今朝夢に出てきたエロっぽい女の子とか……）

ふと隣に目をやる。歩いているだけなのに、大きく弾むねむの胸。

当たり前だけど、昔、一緒に風呂に入っていた頃はペッタリしていた。いつからか、膨らみ始めて今や制服の胸の辺りがパツパツだ。

「どうかした？」

「何でもない」

さっと目を逸らす。

（ヤバイ。エロい夢を見たせいだ）

ここにいるのは、ただのねむだ。おっぱいがでかかろうが、柔らかかろうが、あの夢の女の子とは違う。

（そのはずなんだけど……なぜか股間にいたのは、ねむのような気がする？　ほとんど毎日ねむと会っているのに、夢でも会うって、おかしい）

ねむが可愛く上目使いで俺を見る。

（はぁ～、意識するのはやめよう。ただの夢だ。ねむは一切関係ない）

やがて俺たちが通う横羽東学園《よこはねひがしがくえん》が見えてきた。

辺りには同じように校門をくぐる生徒が列をなしていた。

「ねむちゃん、おはよう」

「今日も二人揃って登校？　ほんとラブラブだよね～」

クラスメイトが、並んで正門をくぐる俺たちを見て声をかけてきた。

「おはよう。またからかって……そういうんじゃないよ？」

「おう。腐れ縁だからな」

クラスメイトからすれば、俺たちは通学もクラスも一緒という、密着度の高いカップルに見えるだろう。ただの幼馴染みだと言っても、いやいや付き合ってるんでしょ？　っていう体《てい》で話してこられるのだ。

「ほんと、みんなっていい加減なことばっか言ってくるよね。違うって言ってるのに」

「まぁいつものことだし気にすんな。行こうぜ」

ねむの顔が真っ赤になっている。こういう話題にシャイだ。だからいきなり告白されても、理想が高いというより、どう対処していいのかわからないのかも知れない……そんなことを思いながら今日も始まるのだった。

第一章 幼馴染がサキュバスだった問題

夢を見ていた。細い指がペニスにまとわりついて、生暖かい吐息が肉竿を掠める。昨日と同じエッチな夢だ。繊細そうな指が肉竿を柔らかく握って、ゆっくりと上下させている。股間に温かくて柔らかい体の感触がある。本当にいったいどんな女の子がこんなことをしてくれているのだろう？　いくら目をこらしても、部屋の中は濃い霧が掛かったみたいにモヤモヤとしている。

ペニスの先に生暖かい吐息が触れる。ついに舐めるか咥えるか？

女の子がシーツの上で揺れる音がする。艶《なま》めかしくて魅了されてしまう。

（なんてリアルな夢だ）

優しい体温が擦れて、俺まで熱くなってくる。

そしていよいよ舌先が亀頭に当たった。濡れた舌が、先端を行き来する。裏筋をじわじわと撫で上げ、縦方向にしなやかに動いていた。

「れろ……ちゅぷ、ぺろぺろ……」

ブルリと腰の辺りが震える。少しずつガマン汁が流れ出ていた。

（生々しいぐらい、舌の感覚があるぞ？）

濡れそぼった舌は、唾液をこぼしながら肉竿を撫で回していた。前後左右に這っている。細い指は全体を摩擦しつつ、柔らかな舌が先端に密着する。

「ちゅる……ちゅぷ、ちゅっ……あん、跳ねちゃう……」

尖った舌先がツンツンと尿道口を突《つつ》いた。温かい唾液がへこんだところへと塗り込められていく。

肉竿がまた、ブワリと硬度を増したようだ。

「ぺろぺろ……あ、くびれてるところがいいんらね……んん、ちゅるちゅぷ」

（な、なんでわかるんだ？）

舌先が裏筋を上下にたどり、亀頭のくびれをぐるりと回るように舐める。筋張った肉竿を手で擦りながら、尖らせた舌がへこんだところをソフトにつついた。

ペニス全体を手でしごかれ、絶えず唾液にまみれている。蕩けそうなほどの快感が、腰の辺りを漂っている。

いったいどんな女の子がフェラチオしてるんだ？　興奮と好奇心が止まらない。

「じゅる、んんっ……ぺろぺろ……いっぱい舐めてあげるよ。ねぇ、どうされたい？」

「す、吸ってくれる？」

「わかった……あんむっ……」

ついに口内へと先っぽが入った。それが徐々に飲み込まれていく。

「じゅる……んぐぐっ……これぐらひ？　ずじゅずじゅ、じゅるる……」

密着した唇が、根元から先端までを吸っていた。垂れてくる唾液を絡めて滑りながら、硬さや感触を確かめるようだ。

「ああ、すごくいいよ」

女の子が頭を揺らし、肉竿を奥まで飲み込みながら、舌先でチロチロと舐めてくる。滑らかな舌の動きと、唇の吸引とがシンクロしていた。

「んんっじゅる、ずずっ……よくわからないから、違ったら言って？」

摩擦の速度が上がっていく。ペニスをずっぽり包みながら、頭が上下していた。

女の子がダラダラと唾液をこぼし続けている。生温かい粘液をまといながら、亀頭のくびれを撫でられ、下半身が震えあがった。

(抜群にうまい。すごいな、チンポが搾り取られそう)

唇が吸いついたり、離れたりしながら、擦り上げてくる。しなやかな手指が同時に動いており、肉竿を撫でたり、指先で双玉を転がしていた。

まさに巧みなフェラチオだ。俺のポイントを的確にとらえて、刺激してくる。

「んぐ、あ、ここがいいんらね。じゅぷじゅぷ……じゃあもっと……じゅぷじゅぷ」

あんむと根元まで深く咥え込む。小さな舌がべったりとくっつき、振り子のように左右に揺れている。衝撃的なぐらい、気持ちがいい。

吸い上げる力が強くなって頭が真っ白になりそうだ。

ビクリと亀頭が揺れたように錯覚する。女の子の振動もまた細かくなっていた。

「んんーー、じゅぷっ……じゅぽ、じゅぽぽぽ、じゅるるっ、ちゅぱちゅぱっ！」

髪の毛の逆立つような射精感が襲ってくる。甘美な愉悦に男根全体が跳ねていた。

これはもう夢というより、リアルすぎる。極上のフェラチオを味わって、本当に最後へと向かってしまいそうだ。

「じゅちゅぅっずずず……じゅるる、んぐっ……んんん～、ちゅぽっちゅぽちゅぽ」

「で、出る！」

「んんーーーーーっ！」

俺は堪えていた熱いものをぶちまけた。ビュルビュルと子種汁が、女の子の口内へと流れ込んでいく。ペニスから背中へと衝動が駆け上がる。ふっと力が緩んで、足先までが快感で満たされていく。

まるっきり射精の快感だった。

ヤバイ俺、夢精したのか？　それにしても、チンポが溶けたみたいに至福だった。

「んんっ……！　こ、こんらにたくさんっ、じゅる、んんっ……嬉しい！」

チンポをしゃぶられているときには気づかなかったけど、今の声はまさか？　聞き覚えがあるような気がしてきた。

夢にしてはやけに生々しい声だ。暗かったはずの視界だが、今一度目を凝らしてみる。

うっすらと見えてきたのは——女の子の顔で、その顔に俺は思い切り覚えがあった。

「えっ？　ねむ？」

「はぁ、はぁ、出しすぎぃ、いっぱいらお……じゅるっ、ごくごく……ふぅうう～」

あまりに予想外がすぎて、二度見三度見してしまった。

ねむの頭には角が生えており、黒紫のビキニのようなコスチュームを着ている。

中空には先端の尖ったしっぽ……か？　それが揺れていた。どこからどう見てもあのねむが、妙な衣装を身につけているとしか思えない。

な、なにをしているんだ？

「はぁ、おいしかった☆　もっと欲しいなぁ。ね、いいでしょう？　ぺろり……ぺろぺろ」

ねむの口の周りには精液が垂れており、それを舐め回している。その目は見たこともないような色っぽい目つきだった。精液をさも美味しいとでも言うように、ゴクリと飲み込んでいる。

「んんっ……じゅる……ぺろぺろ、飛び散っちゃってる、もったいない……」

少し萎えた幹に残っている精液も美味しそうに舐め取っている。にわかには信じがたい光景にただただ呆然としていたが、ようやく声に出して聞いてみようと思った。

「ねむ？　いったいなにをやってるんだ？」

「んん？　なにって……おいひぃセーエキを飲んでるんらよ？　ぺろぺろ」

「セーエキ飲んで……って、まさか俺のＡＶでも見たのか？」

「エーブイ？　ジュル、ああ、ベッドの下に隠してあるやつ？　んん、巨乳ＪＫむにむに大作戦？　それとも……おっぱい星人どうの」

「見たんだな？　それでこんな……」

「違うよ？」

「えっ」

「じゃあそろそろ……おかわりちょうだい♪」

可愛く小首を傾げてくる。ノリで頷きそうになり、我に返った。

「え？　おかわりってなに考えてんだよ？　あ、わかった、やっぱ夢だな？　昨日も見たんだよ。めちゃくちゃリアルだった」

あの心地良い夢をねむに邪魔された。それも一番いいところの直前だった。

「んんっ……そうかもね。じゃあ、いただきま〜す。あんむっじゅる……べろべろ……」

「いいぞ、これは夢だ。何度フェラされようと夢ならしょうがない」

ねむがまたも口を開いて、根元から舐めてくる。まだ残っている白濁を吸い上げ、口の中に流し込んでいた。

（このゾクゾクくる感じ。臨場感抜群の夢だ。ねむの温かい吐息もわかる）

「せーえき残ってるね。おいひいよっ……ちゅる、ちゅっ」

微笑を浮かべながら、ねむがペニスに舌を這わせる。首を傾げては肉竿に濃厚なキスをするようだ。

ぴたりとくっついた舌が、根元から亀頭までをじっくりと往復する。

柔らかく温かい感触に、俺まで吐息が漏れた。

（こ、これは……知り尽くしてる。やっぱりねむじゃない）

俺の知るねむが、フェラチオのテクニックを習得しているわけがない。いや、あのＡＶを実は見ていて自主練に励んだのか？　まさか……勤勉なねむなら、あり得ない話ではないけど……なんでそれを俺にするんだ？　夢じゃなければ謎は深まるばかりだ。

「ぺろぺろ、いい匂い、これ好きっ……」

「ふぇっフェラ……うまいな」

再び気持ち良くなってきたので声がうわずってしまった。

「うまい？　よくわからないよ……もっと苦いお汁飲みたい」

「いや、上手だよ。ていうか、飲みたいって……いきなり言うか？」

仮にもねむが慣れているとして、こうも自然にエロい言葉を口にするとは思えなかった。

だが、そんなことがどうでも良くなるぐらい、ペニスを這い回る舌が熱くて、骨抜きに

されてしまう。俺のペニスのどこが感じるかを瞬時に察知し、ほど良く刺激してくる。

「れろれろ、ぺろ、んんっ、お汁ぅ……ごくごく飲んじゃうの」

　目をトロンとさせながら、ねむが男根に舌や唇を這わせ続けている。唾液で唇も顎も光っていた。筋張ったところを狙うように、濡れた舌が行き来する。

「ペロペロしちゃった。じゃあ、次はお口でシコシコしてあげるね……。ぁんむ……っ」

「うわ、そ、それは……ん！」

「ずずっじゅるるる、じゅぷじゅぷっ……んんっ……大きいよ。お口がいっぱいにぃ」

ペニスが飲まれたように入り込み、喉の奥にぶつかる。ピタピタと小さい舌がスイングする。唇のすぼまりが強烈だった。チラチラと俺を見ながら、緩急をつけてくる。

(絶妙だ……カリ首を狙って擦ってる。舌に遊ばれてるじゃないか)

「じゅるるるっんぐ、んんっ……あふっ、ちゅぽぽ、ちゅるちゅるちゅぽっ」

ねむの頭が細かく震え出す。吸い上げる激しい音が辺りに響いた。

密着した唇から、ペニスが見え隠れする。唾液をまとった肉竿がピンと上を向いていた。

(うっ……何も考えられなくなってきた)

ねむのフェラチオがあまりに気持ち良くて、ついさっきまでの雑念が、吹き飛びつつある。夢だろうが、経験豊富だろうが、AVの見すぎだろうが、なんだってかまわない。

トロトロの温かい唾液をまとった口に遊ばれて、下半身が宙に浮くようだ。

「じゅぽ！　じゅぽ！　はあぁぁっ……ぶわってなって、もう出したいんでしょ？　いいよぉ。じゅるる！　全部欲しいの、美味しいミルク！」

ねむが頰をへこませながら、肉竿を吸い上げている。俺の射精が間近とわかっているのだろう。

「くっ……あ、ああっ……出るっ！」

「んんっ、んむぅぅっ……れてきたぁっ……ずずっ、ふぁぁ、おいひぃい……ごく……ごく……ごくり……はぁぁ……」

ねむが顔を緩ませながら、満足そうに顔をあげる。べったりと顎の辺りにまで精液が垂れていた。ベロリと伸ばした舌で舐め取る。

「ぺろぺろ……まら残ってる。全部飲むの……じゅる……ごくり」

ねむは目を潤ませながら、ペニスにしゃぶりついては精液を飲んでいた。夢中になって喉を鳴らしている。真っ白になっていた俺だが、やがて現実感を取り戻しつつあった。

自分のベッドにいて、窓から光が入っている。間違いなく、毎日過ごしている俺の部屋だった。

「自分の部屋の夢か……」

再現度の高い夢だ。そのものと言っていい。射精した感覚も、まさに知っての通りというか。いや、普段の何倍も良かった。

「そうらよ……ぺろぺろ……これは夢の中で精液もらっちゃった☆　はぁぁ、搾りたてのミルクごちそうさま。本当においしかったぁ」

そう言って、ねむが可愛く笑ったときだった。

目の前が急に、フラッシュを焚かれたみたいに真っ白に光った。思わず目を瞑《つむ》る。

何が起こったのかわからない。次に目を開けると、そこには制服姿の、いつものねむがいた。

「え……え、あれ？　ねむ、なんで制服に？」

「ああ、戻っちゃった。やっぱりよくわからないよぉ……私、どうなっちゃってるの？」

「それ、こっちが聞きたいよ……てか、こんな話までできるなんて、すごい夢だな」

二人して溜息をつきながら項垂《うなだ》れる。本当に何が起きているんだ？　随分覚めない夢だ。

制服のねむが目の前にいて、窓から日差しが入ってる？

「これ……夢じゃないと思うよ？」

「は？　いやいやいやいやいや、こんなの夢じゃなかったら何だって言うんだ？　ねむが俺のその、ここに顔を埋めて、あんなことするはずないし？　あんな格好もさ」

「そ、そうだけど……あ、もう時間だ！　遅刻するからとにかく支度しよ？」

いつものように遅刻の心配をするねむ。すごいリアルだ、いったいどこまで夢が続くんだろう？　俺は少し不安になって自分の頬をつねってみた。

「いてっ？」

「なにやってるの？　拓夢」

俺はますます不安になってねむの頬もつねってみた。

「ひっひゃいっ！　ひゃひひゅるのおっ」

「ああ、悪い。夢かと思ってさ」

「ひひゃうっへばぁ！」

ねむが俺の手から逃げるように顔を振った。

俺もねむもつねられて痛いってことは、夢……じゃないのか。なんだ……じゃあ、ええっと……。

「っ⁉　夢じゃないのかよっ……嘘だろっ！」

「気づくの遅いよ？」

「いやなんで⁉　なんでねむがいきなりっ⁉　あんな、あんな角にしっぽに⁉　で、今制服？」

「いけない、お家出なくちゃ遅刻だよ？」

「マジかよ！」

バタバタと起きだして、寝間着を脱ぎ捨てると、ねむが悲鳴をあげた。

「きゃあっ！　い、いきなりなんて格好？　もうっ、知らないっ」

顔を真っ赤にしながら、部屋から出て行ってしまった。

パンツ一丁の男を見て、悲鳴あげて部屋から出て行くって……今までのねむなら当たり前のことだったけど。

「でも、さっきまでのねむは、際どい格好で、ここに顔を埋めて美味しそうに俺の精液を飲んでたんだよな」

（もうなにがどうなってんだか？）

俺はパニックのまま支度をした。

聞きたいことが山ほどあるのに、学生が本業の俺たちは遅刻しないよう、ただただ走るしかない。

丈の短いスカートを揺らして走るねむが、やけに気になってしまう。白くて柔らかそうな太もも、大きく揺れる胸……。

(ん？　俺、意識してるのか？　ああもうっ！　なんなんだよっ)

汗だくの俺たちが教室に飛び込むと、教壇に担任の姿はまだなかった。よかった、なんとか間に合ったようだ。すると途端に教室から冷やかしの声があがる。「二人揃って遅刻寸前か？」とか「お似合いだな」とか、もうそんなありきたりな言葉……というか、お似合いとか言われたら余計に意識してしまうじゃないか。

いつもならスルーするのに、あの妙な体験のせいで……。

「何度言ったらわかるのよ。そういうんじゃないんだってば。ね、拓夢？」

ねむが俺の顔を覗き込んでくる。今さっき、チンポにしゃぶりついていた顔とだぶった。

「おっ、ついに認めたか？」

「やったぁ♪　オメデトウ！」

周りの囃《はや》し立《た》てる声にハッと我に返る。タイミング的に黙認ととられていた。

「ち、違うってば。拓夢もなんで黙っちゃうのよ？」

「あっあぁ、ただの幼馴染みだから。よく見ろよ、こんなガキだぞ？」

「むっ……」

ねむが口を尖らせて俺を睨む。どうやら、言いすぎたらしい。

「フン！」

そっぽを向かれてしまった。

（まあいい。どうせねむと俺は、ただの幼馴染みにすぎないんだ。ただの、ただの……）

だめだ、そう言い聞かせても、そっぽを向いたねむが可愛く見えてしまっている。

本当に、あの状況を今すぐ誰か説明して欲しい。

◆◆

帰宅後、部屋でスマホを弄《いじ》りながら隣の家のねむが気になっていた。

俺の部屋からねむの部屋は、屋根伝いに行き来することができる。幼い頃は親に黙って夜中、互いの部屋に遊びに行くのが楽しみだった。

（いつからかな。そんなこともしなくなったのは）

今では、さすがに窓からじゃなくて玄関から入ってきて、俺を起こしにだけ来てくれている。

（あれが夢じゃないって……いったいどういうつもりなんだよ、あいつ）

わけがわからないままだ。俺から尋ねたほうがいいのか？　このままモヤったままいるなんて無理だ。

するとスマホにメッセージが届いた。ねむからだ。

「え、今からこっちに来るのか？」

それはよかった、話ができる。でも……なんて聞き出せばいいんだろう？


しばらくしてねむが部屋にやってきた。なんだか落ち込んでいるような、しょんぼりとした雰囲気だ。学校でのこと、まだ気にしてるのか？　それとも今朝のことか……。

俺はというと、やや挙動不審だった。ねむの顔を見たら、やっぱり今朝のことが思い出されて恥ずかしい気持ちになる。幼馴染みであんなことするなんて、いろいろ反則だろ？

「まぁ、適当に座れば？」

「ねむ、今朝のこと、話しに来たんじゃなかったっけ」

俺がそう切り出すと、ねむは小さな肩をぴくんと反応させて、俯いた。

「あの私、実は……ママのほうの血筋がサキュバスの家系で、いつか目覚めるかもって言われて育ったの」

俺の目が点になった。サキュバス……？　サキュバスって、あの？　たまたまゲームで知ったけど、人の夢の中に入り込んで、エッチなことをして精液を吸い取るっていう……。

「へっ？」

素っ頓狂な声が出てしまって、慌てて口元に手をやる。だけど、ねむは俺のそういう反応を想定していたのか、自嘲気味に言った。

「拓夢とは幼馴染みなのにこんな話、一切しなかったのは……完全なサキュバスなのは私のお祖母ちゃんまでで、ママはならなかったから。それで、もしかしたら私も大丈夫かもしれない、でも思春期頃に目覚めるかも知れないって、ハッキリしなかったからなの」

「はぁ」

空気が混じったこれまた変な声が出た。

「私もならないって思っていたんだけど、でも結局、目覚めちゃったみたいで」

「みたいでって……さ、サキュバスになっちゃった……ってこと？」

「たぶん。それが私もよくまだわかってなくて、急にへっ、変な格好になるし……教室であの格好になったらどうしようって、気が気でなくて」

今朝のあの際どい格好をしたねむを思い出す。確かにとんでもない格好だ。角は生えてるししっぽもあったし。

あれが、サキュバスの姿なのか？　しかもまだ自分の意思で制御できないのか。

「全然うまくコントロールできてないってことだけはわかってる。だって、衝動っていうのかな、全然抑えきれなくてものすごく渇くの」

「渇く？」

「精液……特になりたてのサキュバスは精液の安定供給ができないと、暴走するってママから聞いていたし、怖いの」

ねむが不安げに俺を見つめてきた。まさか、でも、だからって……？

「だからお願い！　精液くれないかな？」

「はぁ？」

「他の人に頼めないの。ママにもパパにも、誰にも知られたくないし！」

「いいいっいや、だからってさ……」

そんな話ある？　幼馴染みがサキュバスで、俺の精液を必要としているなんて！

「拓夢しか、こんなこと頼れる人がいないの！」

確かに、もうねむはすでに俺の精液を飲んでいる。もしかすると、夢で見ていたことは全部ねむの仕業《しわざ》だったかも知れないのだ。だとしたら前から俺のチンポを擦ったり、舐めたり、吸ったりしていたわけで、慣れていると言えば慣れている。

(今更断る理由もないか？)

エッチなことだけ考えて言えば、ねむのフェラチオはかなり良くて、あれをまた味わえるなら、諸手を挙げてOKだ。

だが、ここでウハウハな自分を見せたくなかった。あくまでも、困った幼馴染みを助けるヒーローでいたい。妙なプライドが俺の素直なスケベ心の邪魔をした。

「しょ……しょうがないな。じゃあ、引き受けてやるよ」

渋々といった体《てい》で答えると、ねむの不安げな顔が一瞬にして笑顔になった。

「よかった……はぁぁぁぁ。もうどうしようかと思って、オロオロし通しだったよ」

「まぁ、確かに教室でいきなりあの格好に変身したらまずいな」

「だよね、角とかしっぽあるし……って、ことで」

ねむはそう言いながら、やおら俺の前にしゃがみ込んだ。

「な、なんだよ？」

「いいでしょ？　もう喉がカラカラなの」

ねむが俺のズボンに手をかけると、窮屈そうに膨らんでいたところが飛び出した。隆々とした勃起が空気に晒される。

しまった。今朝のねむのフェラチオを回想していたら、勃起していた。

「もうコソコソしなくていいんだね。いっぱい精液もらって魔力を安定させなきゃ」

そう言うねむは、男を求める妖艶さが垣間《かいま》見えた。精液が欲しくて止まらないのだろう。よだれを垂らしそうな顔つきで、ペニスを見つめている。

「もう？」

「だって、朝だけだったし……下手かもしれないけど頑張っていっぱい舐めて、しゃぶって……レロレロってするからぁ」

いや、下手じゃないと言おうとして呑む。下手だと思っているほうが、いろんなことしてくれそうだし、さらに丁寧にしゃぶってくれるかもしれない。俺も大概スケベだな。

「じゃあ、パイズリしてよ」

ねむがやや首を傾げる。単刀直入に言いすぎたようだ。パイズリ。巨乳にチンポを挟まれて、ぬるぬるに擦られる。男の夢だ。

「パイズリって？　あ、もしかして、おっぱいに挟んでむにゅむにゅってするやつ？」

「それそれ、知ってたんだ」

「だって見たことあるもの。いつもの拓夢のベッドの下の……」

「あー、それ以上は言わなくていい！」

俺のAVコレクションを勝手に見ないで欲しい。

「はーい。じゃあ……パイズリやってみまーす♪」

ねむは上目遣いでそう言うと、俺の股間に顔を近づけて、制服の上着をめくりあげた。

ブルンと飛び出した大きな乳房が目に止まる。でかいとは思っていたが想像以上だ。

(こんなに大きかったのか。綺麗な乳白色の乳房に薄桃色の乳輪と乳首だ。すごい)

思わず生唾を飲み込む。

勃起している竿にブニュリと胸を押しつけられる。その感触は餅のように柔らかくて温かい。もう顔が緩んでしまった。

「はぁ……大きくて硬いのが伝わってくる……んん、ふぅぅぅ」

ねむが悩ましく溜息をつく。目つきが熱っぽさを帯びていた。

（こいつ、こんなにエロかったたっけ？）

これは夢の中ではなくて、現実だ。目の当《ま》たり《あ》にしたねむは、俺の知っているあどけなさが残る顔つきとは違って、大人っぽく見えた。

「おっぱいにぴったりはさまったね……はぁぁぁ……あれ？　先っぽもうベトベト？　ここも気に入っちゃった？」

「お、男なら、でかい胸にパイズリされれば、そうなるだろ」

「へぇ、そうなんだね。これを……手で揉むんだよね？　クニクニって……感じ？」

温かいねむの巨乳は、極上の女性器だった。しっとりと全体が汗ばんでおり、ぴったりくっついてくる。それがペニスの根元から先端までを、絶えず刺激していた。

「う、うん、まあまあかな」

カッコつけてみたものの、実際は余裕はなかった。ねむの柔らかなおっぱいに包まれながら、ときどきぶつかる乳首の硬さに声が出そうになる。

それが裏筋をなぞったり、敏感なカリ首を撫で上げていた。

「よかった。こうやっておっぱいでコネコネして……またガマン汁出てきてるよ。んしょ、いっぱいおっぱいに絡めて……」

首を傾げながら、ねむがペニスをチラチラと見る。溢れたガマン汁が広がり、おっぱいがテカテカと光っていた。ねむの頬に汗が光る。より摩擦しようと、上半身をくねらせていた。

「んっ……はぁ……はぁ……これぐらい？　それとも、もっと細かく？」

潤んだ目のねむが、ねだるように俺を見る。見下ろすこっちは、なかなかの気分だった。

ご奉仕をさせる王様にでもなった気分だ。

「今のもいいけど、もっと全身使って」

「うん、わかった。腰を使ってぇ……おっぱい掴みながら……んっ、はぁぁはぁ……」

言われた通り、ねむは素直に上半身を揺らしながら、パイズリの圧力を上げる。

当然、かかる負荷があがり、ペニスはより甘ったるくなっていった。

(うわ、ねむ。なんて素直なんだ。チンポが摩擦で痺れてくる)

「ハァァ……んんっ、あっ、なんとなくわかるかも？　ここ、ヒクヒクしてる」

ねむの目の前に亀頭が顔を出していた。微笑を浮かべてじっと見つめている。ペニスの反応を見ながら、パイズリの加減を調整し、変化を楽しんでいた。

普段のねむとのギャップに、興奮してしまう。

「ここ、先っぽの周りがいいんだね？　ちょっと強めにっ……んはぁ、あ、ぶわって頭膨らんだかな？　脈打ってるぅっ……はぁ、はぁ……もうっすっごくおいしそう」

尻をモジモジと揺らしながら、ねむが切ない吐息を漏らす。吐息が亀頭をかすめ、唇が接近しつつある。今朝のフェラチオが蘇った。

「ねむ、舐めて」

「んっ……はぁぁ……舐める？　うんっ……わ、わかった……ぎゅっとはさみながら……んんっ…ぐって、先っぽを押し出すみたいにして」

ねむが亀頭に舌を伸ばそうとする。だが、巨乳に埋もれてしまって届きそうにない。グニグニと乳房を揉んで、舌をべろりと伸ばそうとする顔が、妙にいやらしかった。

「なかなか届かない……あ！　ぺろり……れろ……と、届いた。んっ……ぺろぺろ」

犬が水を飲むように、ねむの濡れた舌が亀頭を舐める。チロチロと尿道口を微妙に擦っていて、下半身がむずがゆい。

「ぺろぺろ……んんーー、ぐりぐりって舐めるの。んん、べろん……ガマン汁おいひぃ」

伸びた舌が密着していた。口元に粘液を垂らしながら、頭を揺らしている。涙の浮かんだ目が、求めるように俺を見た。

「ぺろぺろ……じゅる、こく……はぁぁ……ベトベト止まらないよぉ」

執拗《しつよう》に舐められて、気持ち良さとともに心臓が高鳴る。

粘液にまみれたねむが、またペニスを擦った。グニャリと歪む豆腐のような胸にもみくちゃにされて、射精感が襲ってくる。

「んんっはぁぁぁ……んっぺろぺろ……胸の中でまたピクピクって動いた？」

「ね、ねむっ、俺もうっ」

出てしまうと言い終わらないうちに俺は射精していた。

「ううぅっ！」

「ひゃあああん！　ドバドバって精液出たぁ！　ふは、んぐ、ちゅぷぷ！　ぺろぺろぺろ」

堪えに堪えていた情熱の塊が、ビュルビュルと噴き出していた。爪先にまで放出の快感が広がっていく。ねむは飛び出している精液をこぼさないように口で受け止めていく。

「ううんっ……ぺろぺろ、ごくん！　はぁ、はぁ……またもらえた……せーえき♪　せーえき♪　んちゅ、んんっ、いっぱいらよぉ」

ねむが目を輝かせながら、飛び散った白濁を舐めとっている。ときどき、糸を垂らしながらも、ご機嫌で舌を動かしていた。

「ああん、こっちも、もったいない……おっぱいにも飛んじゃって」

やっとありつけたとでも言うように、ねむは貪欲に精液を集めている。ひと口舐め取って飲むたびに溜息が漏れて、喉が鳴った。ぼんやりとした瞳が震えている。

「とってもおいしかったぁ……はぁぁ、魔力が安定してきたよ。せーえきって、幸せの素だねぇ」

「そ、そっか……」

なんだそれはとツッコむ気にもなれない。半分脱力しながら曖昧に頷いてしまう。

これは、ヤバい約束を交わしたのかも知れないと今更ながら思う。パイズリは初経験だし、ねむの舌技はすごい気持ちいいしで、一回の射精でこんなにも昇天するなんて。

「じゃあ、おかわりするね」

……聞き間違いか？　今おかわりって言った？

「今、飲んだばっかりだろう？」

「これだけおいしいんだもん、もっともっと飲みたくなっちゃった。いただきまーす！　ぺろぺろ……」

「ちょっ、待っ……」

俺の返事も聞かずに、ねむはもうおっぱいに力を込めていた。指先をバラバラに動かしながら、前後に揺らしている。

「ふふ、もうガチガチになってるよ？　いっぱいいっぱい精液入ってるんだねぇ。全部私にちょうだい？」

可愛く小首を傾げられても……と言いたいが、ねむはまたも熱心に胸を揉んでいた。

べっとりと精液と唾液で濡れた乳房が、いやらしくこねてくる。

（ねむの奴、コツつかんだな？）

今朝のフェラチオといい、さっきのパイズリといい、やけに飲み込みがいい。一度覚えた俺のポイントを狙っていた。

「はぁ、ああん、精液全部飲みたかったのにぃ。おっぱいに残ってて……滑っちゃってるぅ……あぁぁ」

精液で濡れた乳房にスッポリと男根が埋まると、下半身がもっていかれるような愉悦があった。

ヤワヤワと肉竿を撫でられ、溜息が漏れる。

「オチンチンが跳ねるのは……気持ちいいからみたいだね？」

「そ、そだな」

「うふふ、やっぱり。ビンって反ったから。はぁ……素直なんだねココ」

ねむがペニスをぎゅっとはさむと、そのまま身体を上下に揺らし始めた。

挟まれて揉まれて、亀頭が顔を出している。

「可愛い。丸くて……んん、ジュポジュポしちゃって……んんっ、ぺろぺろ……ふはっ、元気すぎて舌が届かない。ぎゅって挟んで……止まった……よぉし。ぺろ、んちゅぺろぺろ」

ややや強めの乳圧にくわえて、濡れた舌が撫で回してくる。肉竿と亀頭とを、同時に刺激されていた。またしても昇天しそうなほどの劣情が、背中を駆け上がってくる。

「それヤバい」

「やっぱり？　ここがブルッてなってるから。れろっ、れろっ、ちゅっちゅ、おしっこの穴もいいみたいだね。べろべろっ……」

ねむが首を傾げながら、舌の当てる角度や強弱を変えてくる。単純に揉まれるだけでも、性感がすごくてクラクラしそうだというのに、舌まで変化するとは。

それも、手の動きとタイミングを合わせて、あおってくる。

「も、もうイキそう」

「じゅる……ぺろぺろ、いいよぉちょうだいぃ。搾りたての精液ぃ、あっつあつの……ちょうらいいぃいっ」

「んっ……出るっ！」

　またも煮えたぎった白濁が、水鉄砲のように噴き出してくる。

　二度目であっても、自分でも驚くほどの量だった。全身に鳥肌が立つような射精感が広がる。

「んぶぅん！　ずちゅっ！　ちゅちゅちゅ……！　ぺろぺろ……んっはぁぁぁ、すっごいたくさんびゅうびゅうくれたぁ……あああんっ、どんどん垂れちゃう……もったいない、ぺろぺろちゅるっ……おっぱい、しっかり押さえないとぉ」

　ぼやける視界に、ねむが熱心に舌を揺らす様が見える。二度目の精液もまた、楽しそうに舌で器用にすくっては、飲み下している。真っ赤な舌を左右に揺らしながら、白濁を集め、口内へと運んでいた。

「んっ、ぺろぺろ……れろっ……ちゅるん……ごくごく……はぁ、ふわふわするぅ」

　うっすらと笑うねむは、口元に白濁を垂らしていた。大半を飲んだように見えるが、ほんの少しでも残したくないと言わんばかりに舌を這わせ続ける。

「薄くなったからぁお口に溜めてぇ……んんっ、いっぱいこねてぇ……はぁ、おいしいガムみたい」

　ねむが少なくなった精液を口に入れて遊んでいる。そうすることで、いつまでも味わっていられるのだろうか？　不思議だ。俺の良く知るねむとは、まるきり別人だった。

（やっぱり、サキュバスって本当なんだな）

目つきがだんだん色っぽくなっていた。きっと精液を飲むほどにそうなるのだろう。ねむは何度も咀嚼《そしゃく》するように口を動かして、ゆっくりと精液を飲み込んだ。

「身体が軽くなったよ。やっぱり精液ってすごいね。一回飲んだだけでピッカピカの気分」

「二回だけでピッカピカって……魔力十分なら、もういいってことか？」

ねむは首を左右に振った。

そして俺から離れると、女の子座りでにっこり笑った。

「だって……まだまだ欲しいもの。それに、ココだって」

ねむの小さな手がまた、俺のペニスにそっと触れた。ごく軽いタッチに、思わず肩をすくめてしまう。

「マジか？　二回も出したのにまだ足りない……うわ？」

急にねむが光った。いや、正しくは発光？　身体の内側からまばゆい光を放つ。

「うふふ、この格好だと、もっと気分が良くなっちゃいそう」

「嘘だろ……」

おそらく2～3秒だろうけど、ねむは光ったかと思うとサキュバスに変身していた。

今朝方見たときと同じだ。角としっぽを揺らしながら、小さな手がヤワヤワとペニスを揉んでいる。

「改めて見ると、なんちゅう姿なんだ」

コスプレという文化にあまり面識がないせいか、余計にすごいと思ってしまう。もう、隠す必要ないんじゃない？　ってくらい際どい。

「そんなことより、ふふふ。もう硬くなってきたよ？」

普段のオナニーで二回も出せばもうヘトヘトですぐに寝てしまうのに。まさかのまだいける？

「サキュバスは、アソコからも精液取り込めるんだって。そっちのほうが、たくさん吸収できるかも？」

「いや聞かれても。ねむもよくわかってないのか？」

「うん♪　私自身、サキュバスがどんな感じか、全然知らないできちゃったからね。一緒にいろいろ試そう？」

いろいろ試そうって？　もしやねむはヤリマンビッチだったのか？　このサキュバスの格好になると心も野獣に？

(そんなわけがない。俺の妄想だ。しかし、アソコからということは、俺のこのムスコをアソコに突っ込むということだよな)

純粋に疑問が湧いたので聞いてみることにする。

「ねむは処女なのか？　それともサキュバスだから違……いってぇ？」

ねむは可愛らしく頬を膨らませて、俺の両頬をびろーんと伸ばした。

「痛い痛い」

「初めてだけど？」

「え？　それじゃ処女……ひってえっ！」

ちょっと嬉しそうな顔をしたせいか、さらに頬を引っ張られてしまった。

うんうん、普段のねむなら処女だろうけど、サキュバスで処女？

混乱するが、処女の初々《ういうい》しさとサキュバスのエロさの、両方が味わえて、おいしいとも言える。

「ひひゃいれふ」

「むぅ、処女だと問題あるの？」

「ひょんれもなひ」

俺は頬を思い切り引っ張っているねむの手をそっと取って離した。

「いたたた……俺は問題ない。むしろ、ねむがいいのかって話で」

「え？」

「処女を捧げる相手が俺で」

ねむは一瞬キョトンとなって、やがて顔を真っ赤にして俯いた。

「いっいいよ？　私、今、サキュバスだし」

それは……サキュバスだから誰でもオッケーってことなのか？　まぁ、たまたま相手が幼馴染みの俺だったってだけで。ねむの彼氏がいたならそいつに頼んでいるわけで。

（当たり前のことなのに、なぜか複雑なんだけど）

「ね、それより早く欲しいの。もうこんなに硬くなってるんだよ？　お願い、来て？」

目の前にしどけなく横たわる。さらにそんなふうに可愛くねだられると、こっちも俄然やる気が湧いてくる。

ねむが脚を開く。大陰唇から漏らしたかと思うほどベットリ濡れていた。

（そっか。パイズリしてたときから、濡れてたんだな）

あんなに激しくパイズリをして、精液も食らえばこうなってしまうのだな。

「み、見ないでよぉ、恥ずかしい」

「見るなって言われたってさ」

合わさったピンクの唇は、処女らしく薄かった。ねむの呼吸に合わせて、震えているように錯覚する。こんなに小さなところにペニスが入るかと思うと、不安よりも期待のほうが大きかった。

「挿れるよ」

俺はフルボッキした男根を軽く擦って確認すると、静かに膣穴にあてがった。

「あ……あっつい……それにブワッて膨らんだ？　さっきよりも大きくない？」

ねむがチラチラと肉竿を見る。処女穴に入ろうとするものを、直視する勇気はないようだ。だが、どんなものか不安もあってつい見てしまう。

「ねむだって見てるじゃないか。ていうか、さっきさんざん舐めたし」

「だ、だって……それとこれとは、違うよ」

ねむの頬が真っ赤に染まる。サキュバスになって、絶品のフェラやパイズリはできても、こういうところは処女らしい。

可愛くて、つい、ニヤつきそうになるが顔を引き締める。

「力抜いて」

「う、うんっ」

ねむが目を閉じる。自分の処女喪失が怖いのだろう。痛いとも聞くし、ここは慎重にゆっくりとペニスを揺らす。亀頭がワレメに食い込んで、ニチャリという水音が響いた。

「うっ……んっ、やっぱり、大きいよぉ……うっ、んん」

ねむが困ったように顔をしかめるけど、そのままゆっくり侵入させていく。抵抗の強い圧迫を受け、今、先端が壁にぶつかっていた。ここまででもかなり気持ちが良かった。重なり合った処女膜を破った先はどれだけいい気持ちなんだろう？　ぐいぐいと突き破ろうとするが、なかなかの防御力だ。

「くっ、つっかえてるけど」

「うっうん……はぁ、はぁ……先っぽがだんだん……来てるの……わかるぅ、あ、あぁぁ」

ねむの肉ビラがまとわりついてくる。濡れそぼった膣穴が開いてきたようだ。先端がやや埋まっている。コツコツとぶつかっていたところが緩んだように思えた。

(このまま、力を込めていけば)

俺はねむの腰を掴んで強引に差し込んだ。

「痛いっ！　ふあっ……あぁぁぁ……！」

「くっ……！　は、入った」

つかえていたものが急に消えていた。男根の半分がねむの処女穴に入っている。

中はマン汁で濡れており、強く締め付けてくる。ほど良い加減で劣情をあおられてしまった。

(処女ってこんなにも狭かったんだな。いいっ)

「んんっ……ふぅぅぅ、はぁぁんんっ、くんっ、は、入った……？」

「半分だけど」

「え？　ま、まだ……半分なの？　もういっぱいになってる気がしてたのに」

ねむが泣きそうになる。処女を失ってまだ間もないから不安が膨らんでいるようだ。

「ここまで挿れたらあと少し」

「うっ…うんっ……全部挿れちゃって？　ふぅぅぅ、はぁぁぁ……んんっ、ふは、あ、あぁぁぁ……」

ねむがガクリと項垂《うなだ》れたときだった。男根がズゥゥッと、根元まで埋まっていた。

陰唇が広がっており、肉竿に赤いものがいくつか垂れている。処女の証だった。

「血が……」

「え？　私、血が出てるの？　どおりで痛かったわけだね。はぁ、はぁ……で、でも……ちょっとだけだから、もうおさまってるし、好きに動いて？」

「あ、ああ……わかった」

ねむの目は少し潤んでいた。やはりサキュバスになったとしても、身体はねむだ。甘えたような声をあげて俺を見る。

（じゃあ、ゆっくり）

ねむの言う通り、俺は前後に律動し始めた。

「んっ⁉　ふあ！　あぁぁっ！　や、やっぱり、おっきくて硬いのがザリザリってかきわけてくるぅっ……ふは、あぁんんっ、ひうっ！」

固まっていたような処女穴だが、だんだんとペニスに馴染んでくる。具合を見つつ速度を上げていく。先端から根元までを、一気に貫くのもスムーズになっていた。

「あぁ……入ってくるとき……んんっ！　上のほう擦れるの、すごいぃ……んんっ！　はぁふぅ……はぁふぅぅぅ…んんっ！　だんだんっ……くすぐったくなってきたぁ」

ねむが顎を上げてあえいでいる。苦しそうだった顔は、緩み始めていた。おそらく、痛みが消えて快感を得ているのだろう。もっと素早く突き上げると……。

「ふは！　ああっ！　お、お腹のほうにあたってる！　ふあ、あああんっ……何これ？」

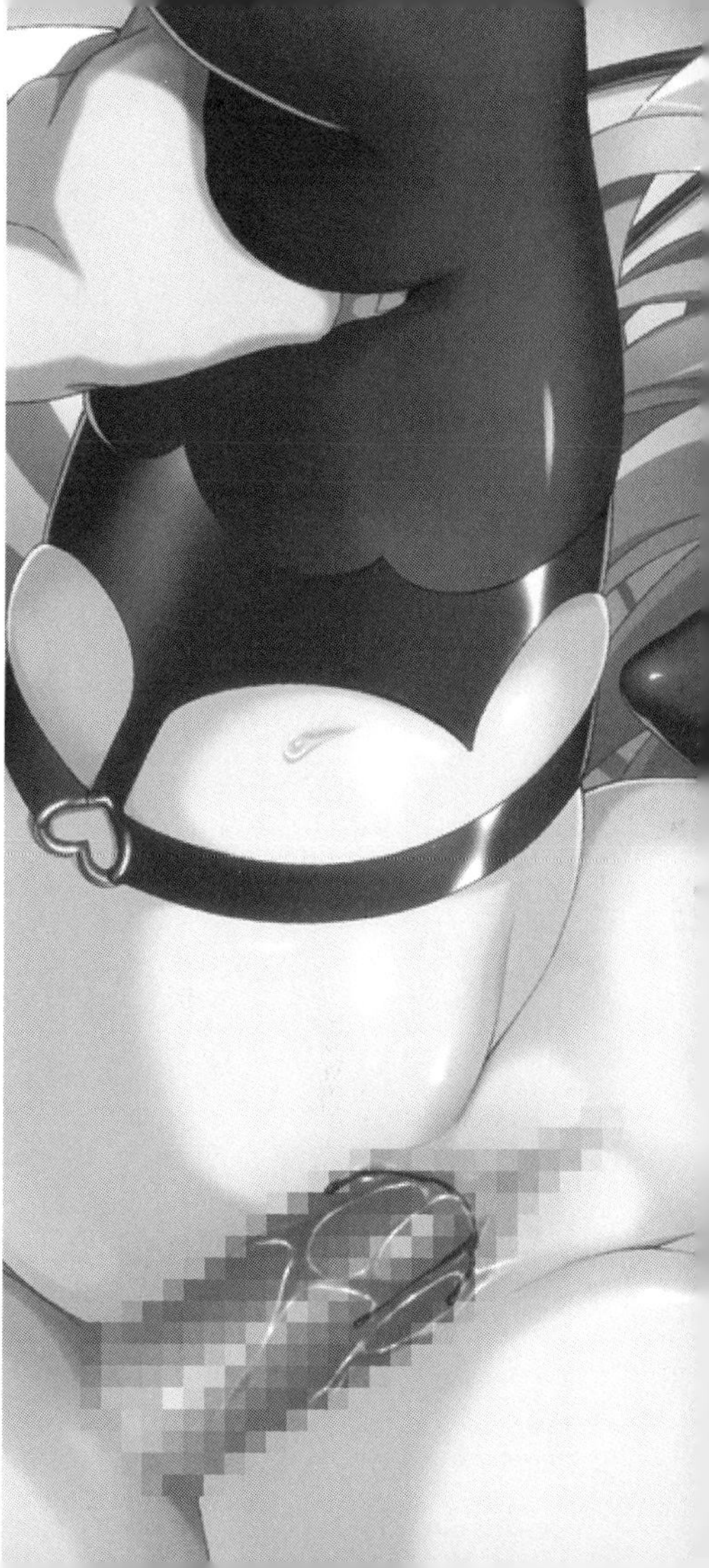

無意識にねむは尻を振っていた。膣奥を擦られると、快感が走るのだろう。だが、初めて味わう処女穴では、戸惑いがあるのか、自分の動きも理解できていない。俺もあてずっぽうに、チンポが絞られて気持ち良くなる所を攻めていく。

「あ、あぁぁぁ〜〜〜んっ！　ゴシゴシされてっ……ぼんやりしちゃう！　ふあああん……どうなっちゃうのぉ？」

「ねむ、気持ちいいんだな」

「ふは！　え？　えぇ……これが……快感？　ああ私、もう気持ち良くなっちゃってるのぉ？」

ねむが涙を浮かべながら、上ずった声をあげる。初めてのセックスで快感を得るとは、想像していなかったのだろう。

何とも初々しい反応で胸が熱くなる。こんな小悪魔のような格好をしたねむだが、処女からだんだん女になっていた。

それを自分が導いてると思うと、こっちの興奮もひとしおだ。

「ふあ、あぁんっ……かきまぜてるぅっ……んん！　ああ、これが気持ちいい？　わかるかも……アソコの奥がぐつぐつ煮えてるみたいぃ」

ねむの悶絶が激しくなる。ようやく快感を理解し、味わい始めたみたいだ。大きな乳房をブルブルと跳ねさせながら、吐息を漏らしていた。

(処女喪失で感じるとは。やはり、ねむはサキュバスだな)

俺もコツを掴んできた。腰のグラインドを大きくしながら、処女穴のデコボコを削るように突き上げる。ねむは律動のたびに顔を上げたり、唇を震わせたりと、愉悦を示した。

「はぁ……はぁ…ズズッて……入ってくると力抜けちゃって。ふは、あ、あ、これが快感なんらねぇ……あ、あぁんっ……アソコ震えてるぅ」

ねむがこれまでになく、大きな声を響かせる。同時に処女穴もまた、切なく全体が締まってきた。

(これって、絶頂したのか?)

強烈な締まりは、絶頂時の陰穴特有と聞く。ねむは涙を浮かべて、視線をあちこちへと漂わせていた。

頬や足がうっすらと紅潮しており、絶えず震えていた。やはり、絶頂を迎えたのだろう。

「こ、これいい！ ズコズコされてお尻まできゅんきゅんしてるよ！ これなに？ だめだめぇっなにかきそう、気持ちいいのかたまりみたい！ ふあ、あ、あーーー」

ねむが腹をよじらせて、快感に身を任せる。乳房をブルブルと揺らし、荒く呼吸していた。処女穴の濡れ方も尋常ではなく、男根を弄ぶようにダラダラと垂れてくる。

ねむの嬌声とともに、膣穴が先ほどとは比べものにならないほど強く締まった。これは俺ももうガマンできそうにない。

「ひゃあぁん！　ミルク出して、出してぇ！　ふは、あああぁぁ……！」

ねむの絶頂の声が辺りに響く。俺は白濁が放出される多幸感に酔っていた。ヒクヒクと肉竿から背骨に振動が伝わってくる。ねむの膣穴が蠕動《ぜんどう》していた。

「あ、あぁぁ……あっついのがぁビュッビュッて……んんっ、ふあ！　ビクンてまた……跳ねてるぅっ」

ねむは変化を微細に感じとっていた。

それにしても、処女穴というのは、なんて愛しいものか。ねっとりと濡れて、いつまでも震えている。熱くて何度擦っても、ブニブニとした弾力があった。

「はぁ、はぁ、ねむも、イッたな？」

「イッた？　絶頂……ってこと？」

「ああ、マンコがぎゅって締まってた」

「やっぱり……どんどん気持ちが良くなって頭がチカチカしたよ。あれが絶頂なんだぁ」

ちらりと俺を見るねむは、愛らしい女の子だ。俺が処女を奪い、初絶頂もさせたと思うと、俄然《がぜん》テンションがあがる。もっとねむを可愛がりたい。

だが、正直、かなり抜いている。

（まだいけるのか？　いやどうだろう？）

「うぅ……イク！」

「身体に魔力が湧いてくる。やっぱりアソコからもいっぱい取り込めるんだね。生き返る」

ねむが軽く伸びをする。満足感でいっぱいだった。精液を取り込むほど、魔力がみなぎるのだろう。

「サキュバスってすごいな」

口からも膣穴からも、精液を魔力に変えるとは。安定供給と言ってたが、もう三度も搾り取られていた。やっぱり、おかわりのおかわりとか、ねだってくるのか？

繋がったままのペニスは、再び硬度を保ち始めていた。ねむが細いウェストをしならせる。それに導かれるように、フル勃起だ。

（嘘だろ？　俺、ここまで精力あったのか？）

喉まで出かかったが、ねむに言いたくはない。

おそらくだけど、サキュバスを相手にしてるから理解できない何かが起きているのだろう……と思いたい。でないと、ちょっと自分が怖い。

「うふふ。もう中で大きくなったよ？　さっきの精液でたぷたぷなのに」

「あぁ……勝手に腰が動く」

促されるように前後に動き始める。放たれた白濁が逆流し、ボタボタと垂れていた。

ねむが首を振り、腰をしならせ、再び嬌声をあげる。

「ふは、あぁぁ……また動いてくれたっ……はぁぁぁんんっ、はうぅぅっ……」

ねむが眉をひそめて、両手に力を込める。突き上げられ、愉悦を覚えていた。怖がっていたはずが、今や期待している。

処女の痛みも早くなくなったようだし、初めての挿入で絶頂もした。やはりねむはサキュバスだ、間違いない。

「ふあっあぁぁぁ……ゴシゴシって、ちょっとされただけなのにぃ……ふあ、ああっ、もう気持ちいい」

「イッてるからな」

ねむがうんうんと首を縦に振る。一度イってイキやすくなったのか。

ガツガツと男根に突き上げられ、やや身体がせり上がる。ブルブルと跳ねる巨乳が、汗に濡れて大きく見える。なんともいやらしい格好は、男の欲望をあおっていた。

「あ、ああんっ……はぁ、はぁ……先っぽの丸いのがゴツンてくるぅ……」

ズンズンとゆっくり抜き差ししていると、ねむの子宮口が感じ取れた。突き上げられると、ぐっと下がったように思える。膣穴全体がペニスにしがみつくようだ。

（もう、イキそうなんだな？）

ねむの表情、膣穴の具合などが、絶頂に近づいていた。汗だくの潤んだ目がチラチラとこっちを見る。

脚を大きく広げ、男根に打ち込まれる様が、あどけないねむとはかけはなれていた。

そのギャップにまた、昂《たか》ぶってしまう。

「あ、ああっ……お腹の奥っ……チリチリすごいよ、またイッちゃう！」

ねむがまた、腰をくねらせて喘ぎ声をあげる。やはり、絶頂寸前のようだ。俺はやや前のめりになっていた。ねむがより深いところを強く擦られたいのだろう。

膣穴が奥へ誘導するように揺れていた。もっともっと深いところへと、加速する。

「ああそこっ、い、いいぃー！　とっても気持ちいいぃ……あぁぁ……」

ガチガチの肉塊が子宮口を摩擦する。弾力のある子宮口の柔らかさが心地良い。膨らんだ亀頭で、粘膜を穿《ほじ》っているようだ。

「あああぁぁぁ、そこ、ずっと擦ってぇ！　ああぁんっ、絶頂きたぁ！　はああ、あっ……はうぅーーー！」

ねむが達したとき、膣穴が半分ほどの窮屈さに思えた。型をとったように、男根にフィットしている。

熱いヌルヌルが、男根を知り尽くしたように締まってきた。

（ねむが感じるほど、この刺激が強くなる！）

絶えず、ウネウネと揺れては咀嚼するようだった。ねむの腹が引き締まり、甘い声が漏れ出す。予想通り、絶頂しているのだろう。

「はぁぁあんっ、気持ちいい！　お尻揺れちゃぅ！　ふは、あ、あ、あーーーー！」

下半身に力を込めながら、速度を上げる。ズジュッ、ズズーーッという鈍い水音が響いた。身体の奥で溶岩が燃えるようだ。

「ひぃぃっ！　イッテぇぇぇぇ……早くぅぅぅっ……魔力爆発しそうなの……！　ふは、あ、あぁあーー！」

色っぽく喉を鳴らしながら、ねむが絶頂の声をあげる。いやらしい表情も、ボールのように跳ねる乳房も、俺の射精を促していた。

「も、もうっ、イク！」

「イッテぇぇえ……ふは、あああんっ……あっついのちょうらいぃぃぃっ……もう腰抜けちゃう！　はぁ、はぁ、んーーー！」

俺は腰を思いっきり突き出し、ねむの膣奥へと子種汁を解き放った。チリチリと焼けるような愉悦が、腰の辺りにまとわりついている。

力が抜けてしまって、目が眩んでいた。

「はぁああぁっ……！　ビクンって流れ出たぁ！　気持ち良くてあそこがジンジンしちゃうよぉ！」

ねむはビクンビクンと上半身を震わせながら、絶頂を貪っていた。サキュバスとして満たされ、頬が緩んでいく。指先までが紅潮していた。

よほど絶頂が全身へ広がっているのだろう。

「はぁぁ……すっげーな」

「うんっ搾りたて直飲みって感じぃ……あぁん、ミルク美味しいよ。でも、飲むほどもっと飲みたくなる」

「……ぇ？」

ねむが口を尖らせ、尻を左右に振っている。愛らしいおねだりに拒絶できなかった。

「ねぇ……アソコから精液飲むってすっごいね。魔力がどんどん溜まってくるよ。まだいけるよね？」

いや、それは……と言いかけて、口ごもる。何せ今までも想像を超えていた。もしかしたら、俺はリミッターが壊れるのかもしれない。

ありていに言うと、すさまじい絶倫？　それを喜び、がっつきたい自分がいた。

「しょ、しょうがないな」

「うふふ、嬉しいなぁ♪　じゃあ、おかわりね？　いっぱいいっぱいもらっちゃおう」

なんだっけ。精液って出しすぎると赤玉っていうやつが出るんだっけ？　なんかそんな話を聞いたことがある。赤玉はもうこれで打ち止めですよっていう印だとかなんとか。

(まだそれが出てないってことは、やれるってことか)

俺は不安でつい浅い笑みを浮かべながら、再びねむに覆い被さった。

◆◆

「あれぇ？　寝ちゃったの？　まだ欲しいんらよ？」

ねむの声が遠くから、自分を呼んでいるように思えた。

（……河の向こうか？　てことは、三途の川？）

まあいっか。脳が蕩けそうなほど、搾り取られて生きた心地はしていない。

「うふふ、寝顔可愛いなぁ。無垢なところいいよねぇ。しょうがない。可愛さに免じて許してあげるよ？」

ねむが何か言っているようだが――何度も射精して天国にいる俺にはあまり聞こえていなかった。

「はぁはぁ……ガマン汁出てきた♪」

聞き覚えのある声に、うっすらと目を開ける。制服姿の女の子が、股間の辺りにいた。

「こうやって、シコシコって擦ってぇ……」

どう見てもねむだ。

俺のペニスを握り、柔らかく揺らしていた。亀頭のくびれたところを指でかすめながら、目をキラキラと輝かせている。

(起こしに来たのか、シコりに来たのか)

それとも、ここのところずっと見ている淫夢の中なのか。

「拓夢、そろそろ起きないと遅刻だよ？　起きないならシコシコするよ？」

(どっちもだった。そして淫夢じゃなかった)

「あ、ベトベトしてきた。うふふ、シコシコされて……ガマン汁漏らしちゃって、気持ちいいんだね」

すっかり、ペニスの扱いに慣れている。カリ首を擦り、柔らかな親指を左右に動かして

いる。サキュバスの本能なのだろうか。何をどう扱うとどうなるか、知り尽くしていると
しか思えない。

「もうすぐだよね？　ここ……もう限界って感じだよ？　射精したら起きる？」

いや、とっくに目は覚めている。だが、手コキが気持ち良くてこのままでいたかった。

（あぁ、だめだ。朝勃ちでシコられてるせいかな。もう出そう）

女の子の手って細くて小さくて、男と全然違うな。それが男根を握っている。考えただ
けでも射精しそうだ。

「ええと、ぎゅってしてシュッシュッて……ぎゅっ、ぎゅっ」

「うぅっ」

思わず喉が鳴って、放出した。

「きゃっ……！　こんなにたくさん。ぺろぺろ……」

起きがけに熱い白濁をぶちまける。頭の芯が蕩けるようだった。尿道がチリチリと焼け
たようにくすぐったい。急に戒めが解けたように、手足がダラリと垂れた。

「うっ……はぁ……はぁ……」

「あ、起きた？　ふふふ、やっぱり射精で目が覚めたんだね？　可愛い」

ねむの指先が白濁に濡れていた。それを絡めては糸を引かせたりと、弄んでいる。

にっこり笑う姿がやけに眩しかった。

「お、おはよ、ねむ」

「おはよう、拓夢♪　んんっ……ぺろ、ちゅぽ……朝ゴハン、頂いてま～す♪」

ねむは手に飛び散った精液を丹念に舐め取っている……朝からエロい光景だなぁ。

「あぁ～ん、拓夢の精液美味しい～。もう一回する？　今度は口がいい？　それともまた手？　あ、おっぱい？」

「いやあの、遅刻しそうなんだけど」

壁の時計を指差す。もう家を出なければ間に合わない、ギリギリだ。珍しく、俺が指摘するとは……やはり、ねむは浮かれている。

「いけない！　つい精液欲しくて忘れるところだった！　そうだよ、学校行かなきゃ！　先に下行ってるね」

ねむが離れて、大慌てで玄関に向かっていった。

「いつものねむだ」

昨日のあれは夢だったのか。いや、違う。なにせついさっきも、手コキしていた。精液を楽しそうに弄ぶねむ。ごくりと喉を鳴らしながら、幸せそうに飲み下していた。

エロい記憶に、ブンブンと首を振る。

（ええい、これから学校へ行くんだ。意識してたまるものか）

俺は自分を奮い立たせると、制服に着替えた。

学園まで走らないと間に合わない。ねむは走りながら俺の顔色の心配をしていた。確かに今朝の洗面で自分の顔見て、痩せた？　やつれた？　感じはしたけど。

「まぁ、あれだけ精液出せばな……」

「じゃあ、精のつくおかずをいっぱい食べなきゃね。今夜の夕食、お肉でいい？」

笑顔で言われる。ねむに精液の安定供給を承諾したので仕方がないのだけれども。

「ちょっと気になったんだけど、一回の摂取でどのくらいもつんだ？」

「精液を飲んでから安定している時間？　計ったことないからわかんない」

「そ、そうか」

「でももう足りてないよ？」

思わず足が止まりそうになった。

「今朝、勝手にシコッて飲んだのに？」

「そうだけど、少しだけだったし。ちなみに昨日の夜にたくさん摂取したけど、明け方にはもう渇いてた」

なんてことだ。命の危機を感じるほど射精したというのに、一日ともたないのか？　全然足りてないじゃないか。

「安定しなかったらどうなるんだ？　やっぱりあの姿になるのか？　中身というか、性格は？　サキュバスってどうなんだ？　いつものねむじゃ……」

「ああんもう。そう質問攻めにされても、わからないよ？　私だって、まだサキュバスになりたてで困ってるんだから」

つい、前のめりで矢継ぎ早に問い詰めてしまった。ねむ自身もどうなるのか予想できないのか。

「おばさんに聞けば、なにかわかるんじゃないか？」

「ママ？　そ、そんなの無理だよ。サキュバスじゃないし、娘の私もできればサキュバスになって欲しくないって願っていたから、質問とか相談なんてできないよ」

心配性のおばさんの顔が浮かぶ。

実は娘はサキュバスになりました、なんて言ったら……いや、その家系なら予想はしているかもだけど……やはりショックで何も考えられなくなってしまうかな。

「それにもし言ったとしても、ママに精液どうやってもらってるの？　って、聞かれたくないよ」

「それもそうだな」

なにより恥ずかしい。とはいえ、摂取した精液があまりもたないとなると……。

(学校生活、大丈夫かな。長い時間拘束されるし、いつも一緒にいるわけにもいかない)

「とりあえず、渇いているけど今のところは大丈夫っぽいよ」

「お、おう。じゃ急ごう」

(案外、平気かも知れないな。自覚するまで今まで通りのねむだったんだから)

――だがその後、一抹の不安は見事的中することとなる。

◆◆

「こっちこっち、早く～！」

「なんとか角、引っ込んだから、いいんじゃないのか？」

「よくないよ～！」

俺はねむに引っ張られながら廊下を走っていた。

ことが起こったのは4限目の古文の授業中だった。

顔が赤くなって息も絶え絶えのねむは、明らかに精液が不足していた。直後、頭から角が飛び出た。

幸い授業中で俺以外誰も気づいていなかったけど、限界が近いのは確かだった。

その後なんとか、気合い？　か、なにかでねむが角を押さえ込んだら引っ込んだけど。

「もう無理、無理無理無理……！」

昼休み、情けない声をあげながら走るねむと、引っ張られている俺に注目が集まる。

（みんな見てるし？　うわ、これまた、からかわれるやつじゃないか）

「落ち着け、ねむ」

「だから無理なんだって！」

ねむはそう言うと、廊下の奥にある部屋に入った。

部屋の中は簡素な木のベンチと、ロッカーが並んでいる。汗臭い匂いはしないから、ここは女子更衣室だ。

「って、なんでここ？　おいおいおい、男の俺が入ったらまずいじゃないか？」

「だって昼休み確実に誰もいないのは、ここなんだもん！」

「た、確かに昼休みに利用はしないけれどもっ……あ、角？」

ねむの頭には押さえ込んだはずの角が、ピョコッと出ていた。

「ぐって押したら、引っ込んだけど……そうしたら、急に腰の辺りがくすぐったくなっちゃって。もうガマンできないの」

ねむの手がスカートの中へと伸びていた。細い肩が震えており、頬がどんどん赤くなっている。そして……。

「ふあっ？」

ねむが光ってサキュバスの姿になってしまった。角もしっぽもある。

「ちょ、ちょっ？　校内でそれはまずいって！」

「そんなこと言ったたって、自分でもうどうすることもできないの！」

二人であわあわしていたら、更衣室のドアがノックされた。

「え、誰か来た？　うそ？」

「ねむ、こっち！」

俺はねむの手を引いて、扉が開いているロッカーの中へ入った。

更衣室のドアが開いて女子の声が聞こえてきた。

「ほんとにここに忘れたの？」

「だって教室になかったんだからさー」

(忘れ物を探しに来たのか？　まずい、ロッカーを開けられてしまう)

もし開けられたら……いや、開かないようにこちらからドアを引っ張ったほうがいいか？　それとも、今、わけのわからないことを喚きながら飛び出したほうがいいのか？

「ねむ、どうしよ……おおおいおいおい？」

ねむがズボンからペニスを取り出し、自分の陰唇にあてがっていた。さりげなく脚を持たされ、今にも挿入しようとする体勢になっている。

あまりに素早い手さばきに、圧倒されていた。

「はぁん……大きくなってるよ？　ここに入れちゃおう？」

暗がりに浮かぶねむは、胸を露出させており、パンツも脱いでいた。濡れた陰唇が暗がりで光っている。欲望に呑まれそうな俺は、思わず硬直した。

「そ、そんなことしてる場合じゃないだろ？　すぐそこに人がいるんだぞ？」

「だって、ここにスルって入っちゃいそうだからぁ……」

話を聞いてないねむが、軽く腹を突き出した。ズブズブと男根が埋まっていく。

「あ、あぁぁ……入ったぁぁ」

ヌプヌプという、濡れそぼった膣穴を突き進む感覚があった。想像以上に中はじっとり濡れていて、ペニスを四方から包み込んでいく。

（きっ気持ちいいっ）

「んんっ……はぁぁ、はぁぁぁ……奥まで……と、届いてる……ふは、あ、あ、ああ～～」

ねむが溜息を漏らしながら、背中をしならせる。雌汁がたっぷりと溜まった膣穴が、男根を喰い締めていた。狭いロッカーの気温が急に上がったようだ。

「声でかいぞっ」

「はぁ、ああ……こんなに気持ちいいのに、声抑えるの？」

ねむが寂しそうな声で甘えてくる。細い腰を横に振っており、律動をねだっていた。

こうなったら俺だって、思いきりしたい。だが、そうすれば音が響いてあの女の子たちにバレてしまう。

「少しだけ動かすから、口は閉じとけ」

「う、うん、わかった……んんっ……ひうっ……！」

ねむが声を押し殺しながら、唇を噛み締める。狭い空間のせいか、些細な反応も感じ取ってしまった。熱い身体としたたる汗。突き上げられるたびに、甘い吐息が漏れる。

思い切り声をあげたいだろうが、切なく堪える吐息にかえって興奮度が増してしまう。

「ふぅううんっ……はぁっ……あ、ぁあっんっ……」

（ねむの奴……必死に声押し殺してるぞ？　本当は感じてるだろうに）

懸命に堪えるねむは、声が漏れてはぐっと堪えて、を繰り返していた。

そんな様子を見ながらも、律動速度を上げる。

「んっんん！　くふっ……ふは！　あ、あぁぁ……うぅっ」

俺もだんだんとたまらなくなってきた。目の前にはサキュバスの姿をしたねむが、乳房を揺らせて腰をくねらせている。

うっかり大きく腰を揺らして、力強く打ち込んでしまう。

「んん～～！　ふあ、あぁ……！　だ、だめっ……そこっ、はうぅぅっ！　くふぅぅ！」

「ごめ、つか声でかい」

ねむが首を横に振る。唇を噛み締めており、余裕がなくなっていた。口を開こうにも、言葉が止まっている。

鋭く突き上げ、膣壁を穿《ほじ》っていく。ねむの肩が震えて、ロッカーを押さえる手指が広がっていた。子宮口をゴリゴリと削ぐように擦られ、ねむは快感に脱力してしまう。

「はぁ、はぁ……！　気持ち良く……しちゃうからぁ……ああんっんぐ！」

「俺も気持ち良くて……つい……くっ」

「ふは、……あ、あぁ……んんっ……ひぐっ……う、うぅっ…」

熱くてトロトロになった膣穴は、男根をほど良く締め上げて、射精を促していた。入口の締め付けもいいが、奥に吸着するときも夢見心地だ。どこを擦っても極上だった。

(ほんっといやらしいマンコだ)

煮立った雌汁の匂いと互いの熱気が、ロッカーに満ちていた。濡れた身体が押し合い、振動している。狭い空間で小刻みに突き上げていることにも、慣れ始めていた。

「ふあっ……あ、あ、あぐぐっ……む……り……ふはっ！　あ、あぁぁぁ……イキそう！」

ねむは顔をしかめたり緩ませたりしながら、ギリギリのところで絶頂を堪える。雌穴も呼応しており、ペニスの根元から先端までを順番になぞるように揉んでくる。

(俺ももう、やばいかも)

気を抜くと、一瞬でイッてしまいそうになる。ねむの吐息や暗がりでうっすらと見えるいやらしい表情にも、あおられていた。

「はぁ、はぁ、あぁぁ……も、もうっだめ……」

ねむが背中をしならせる。身体中を巡る絶頂は、もはや堪えきれなかった。濡れた小さな唇が暗がりに浮かんでいる。今にも悲鳴をあげそうに、震えていた。

べったりとくっついた身体が熱くて、二人の心臓の鼓動が共鳴したように思える。

(声だけはまずい……)

あの女子生徒たちが、早く消えてくれればいいが、どうなってるんだ？

「ユカの彼氏って知ってる？」

「テニス部のタナベくんじゃないの？」

「ええ⁉　ヤバくない？　フタマタだよね？」

(おおいぃ？　忘れ物はどうした？　さっさと見つけて出て行ってくれないか？)

「うぅうっ……気持ち良くて、んん、ぁ、あぐぐっ……んん！　あぁっ……」

ねむの細い腰が揺れだす。こっちの動きに合わせて、より快感を得ようとしていた。腰を前後に突き出しては、吐息を荒くしている。

「せ、盛大にイクなよ？　いつもより控えめで……」

動きを止めようとしたが、ねむがそうさせてくれなかった。密着した立位という、自由の利かない体勢であっても、熱く濡れた膣穴を押しつけてくる。

「あ、あぁぁ……だ、だめっ……もっもうイクゥ……イッちゃうぅっ！」

「お、俺も」

悩ましく尻を揺らすねむに、もはや抵抗できなくなっていた。腰を揺らし合い、興奮が最高潮に達する。堪えていたはずの衝動が、今解き放たれようとしていた。

「ん、うぅーーーーーーんっ‼」

ねむとほぼ同時に絶頂に達した。子宮に向かって、熱い白濁をぶちまける。

ビクビクとペニスが跳ねて、ぬめりと摩擦で意識が飛びそうになる。ねむの細い身体には汗の玉がいくつも浮かんでいた。

「あはは！　もうキャプテン狙い、ロコツ～」

「運動部って、筋肉質でかっこいいからさぁ……ん？　今、声聞こえなかった？」

「え？　声？」

ねむが嬌声をあげたとき、タイミング良く外の女子は大きな声で笑っていた。が、やはり何か感じ取ったようだ。

ダラダラと冷や汗が流れてくる。

「はぁ、はぁ……はぁあ……声、出ちゃった。どうしよう？」

「しっ。まだバレてない」

困っているわりに、ねむの頬は赤くて全身が火照っていた。膣穴もまた、ずっぽりとペニスを咥え込んで放さない。白濁の放たれた膣口は逆流しており、それがねむの足を伝っていた。

「気のせいじゃない？　私は聞こえなかったけど」

「絶対聞こえたって。なんていうのかな？　うめきっていうか……」

俺たちは絶句していた。呼吸をするのもおそろしかった。

この二人がロッカーを探し出したら終わる。なにが何でも阻止しなくては。

ふと、ねむが俺の胸の辺りを突いた。

「こんなときに何だけどぉ……もっと欲しくなっちゃった」

「………⁉」

頭が真っ白になる。わ、わけがわからないぞ？　今やったばっかりなのに、もう？　この危機的状況に⁉　ぜひとも聞かなかったことにしたい、そう思ったが……。

（そうだ。常識が通じる相手じゃない）

ねむが小さく揺れ始める。白濁でいっぱいになったそこが揺れれば下に垂れる。

けど、俺もまたフル勃起だ。

「はぁ、はぁ……んんっ、精液もらうとぼうってなって……もっと欲しくなるぅ」

胸を押しつけられて、エロい声で誘われれば、それはもう男根は完全復活するに決まっている。控えめにズリズリと細かく擦ると、ねむが応じるように、甘ったるい声を漏らしながら上下に跳ねる。

ギシギシとロッカーが音を立てていた。

「ふあぁっ……んんっ……ふあああ、あ、あぁぁ……足っ……浮いちゃってるぅ！」

「ね、ねむ、まずいって」

「だって……乳首もあそこも……うぅぅんっ、ずっとくっついちゃってるぅ」

ねむはこの狭いロッカーで発情した雌のようだ。歯止めが利かない。吐息と熱気に包まれ、ぼんやりしながらも、がっちりと俺を掴んで離さなかった。

胸の辺りを見ると、両方の乳首が硬くなって揺れていた。

「はぁ……んんっ、動いてぇぇ……ふは、ああんっ……一緒にピョンピョンしてぇ……」

暗がりに、首筋や胸元の血管が浮かび上がっていた。汗の粒が流れて、ぼんやりと光る。

むっちりとした太股がガシッと俺に絡んできた。

俺はまたもねむの中を強く突き上げた。吐き出したばかりの精液と、ねむの雌の匂いが徐々に充満し、劣情が加速する。

「ひゃ！　あ、あぁ……んんっ、うぅぅっ……ふは、ああーーー！」

ねむが汗だくのまま、髪を振り乱し、声を殺そうとしている。うっとりとした目は快感に潤んでいた。

こうも素直に感じて求めてくれると、こちらもノッてしまう。

「んっ……あ、あはっ……うぅぅんっ……ひゃあ、乳首も……あそこもぉ……あっついよぉぉ……んんっ！　はう〜〜〜」

声を抑えようとしているが、やはりまたもれていた。だがもう止まらない。ねむが上半身をしならせて、大きな乳房をブルブル揺らしながら、押し込んでくる。

ズンと深く入ったときも引くときも、膣穴が締まってくるのがダイレクトにわかった。

「ふは！　あ、あうぅぅっ！　また……どんどん……熱くなって、ふは、あぁ」

ねむがぼんやりした目を、俺に向ける。甘く霞んだ表情に興奮してしまう。柔らかな身体がガツガツぶつかり、粘液の擦れ合う鈍い音が響いた。

「ふはぁぁぁ、もうだめぇっ……！　き、きてぇぇ……あ、ああうっ！　メロメロなのぉ」

絡みつくねむの脚は、激しく痙攣していた。熱い身体が強く沈み込んでくる。想像以上に俺の限界もまた、迫っていた。

「で、出るっ」

「うん、ちょうだいっ！　中にっ……深いところでドバドバ出してぇっ！」

ペニス全体が飲み込まれるようだった。下半身に濃厚な愉悦が走る。いよいよ膨れ上がったものが、放出されようとしていた。

「はぁん～～～～っ！」

二度目の白濁が噴出していく。想像以上の量が延々と流れ出ていた。心臓がドクドクと飛び出すかのように鼓動する。全身を行き交う血が沸騰するようだった。

「くぅうっ……！」

「ああ、あはっ……はああ……あぁああ～……！」

放たれた精液がまた垂れていく。床にまで到達したが、幸い水音はしなかった。

「はぁぁぁ、はぁぁぁ……んんっ、息……荒くなっちゃうぅっ……」

泣きそうなほど感じているかと思うと、ますます興奮するはずだが、今はそれどころではない。

すぐに忘れてしまうが、この向こうには二人の女の子がいた。

「ねえ、なんか息づかいとか聞こえない？　私、このロッカーで出るって噂聞いたことあるんだけど」

「え？　し、知らなかったよ。やだ、うちの学校、そういうのないんじゃなかった？」

「最新情報だよ。学校の掲示板にあっ

たもの」

脱力したねむは、ゴツンと手をぶつけてしまった。

「今！　音したってぇ！」

「怖いって！　気のせいだって！　……あ、あった！　私の定期券！」

忘れ物が見つかったようだ。女子たちは定期券を拾うと「早く戻ろう！」と足音を響かせて出て行った。

「はぁ、はぁ……で、出て行った？」

「ああ、なんとかバレなかった……はぁ～」

俺とねむは顔を見合わせて、可笑《おか》しそうに笑った。

「も、もう、ドキドキしちゃった～」

「それはこっちの台詞だって。はぁあ、よくバレなかったよ。結構声出てたのに」

「そんなことないよ？　私がんばって耐えてたもん」

「よく言うぜ」

すると、ねむがまた俺の胸の辺りをツツ、となぞった。

「ねぇ、もう一回、欲しいの」

(マジか……でもたくさん摂取しないと、また校内でこんなことになっちゃうな)

「わかったよ」

「やったぁ♪」

俺は、昼休み時間が終わるギリギリまでねむと繋がり続け、精液を与えた。

◆◆

ねむと並んで学校に向かう。ごくありふれた日常だが、今結構緊張している。

「朝飯……うまかったぞ。サンキュ」

「………」

ねむが笑顔でコクコクと頷く。なるべく話したくないのだろう。なにせ、今ねむの口の中には、精液が入っているからな。

今朝、いつものようにねむのフェラチオで起きたのだが、そのとき、放出した精液をねむは飲み込まなかった。

口の中に溜めて少しずつ噛むように摂取する。そうすれば発情せずに済むかもしれない、とのことだ。

ねむが顔をしかめたり、緩めたりしながら、精液をガムのようにこねていた。味わうあまりに、垂らしそうになり、それを吸い上げる。かなり危なっかしい状況だ。

「そ、そっか、効果あるといいな」

ねむ自身、旺盛がすぎる性欲を気にしていたようだ。まぁまた急に角やしっぽが飛び出ても確かに困る。

そういうわけで、今、ねむは口の中に精液を溜めたまま登校しているというわけだ。

（ヘンに声をかけて、吹き出した日にはもう……）

いろいろツッコミたくもなるが、吐き出されてかぶったりしたくない。俺の精液だ。なにより突然女子が口から白濁液吹き出したら、周囲は軽くパニックを起こすんじゃないだろうか。

ねむがふいに立ち止まった。

「どうした？」

「んっ、じゅる……こうして、ガムみたいに噛むと、いい味がしみてくるぅ」

「そ、そうかー」

あまり想像したくない味だが、ねむにとっては美味しいらしいので黙って聞いておこう。

学校に到着してもねむは、そろりと口を開けて小さな声で挨拶をしていた。

だが。

「見て見て。ねむが行きたがってたバターケーキの店、近くにできるって」

「ほんと……!?　ふがっ、んぐぐ……んっ！」

友達から気になっていた話題を振られて、ねむは普通に返事をしてしまった。

……案の定、口の中に溜めていた精液は飲み込んだようだ。

ちらりと俺のほうを見る。「やっちゃった」という情けない顔をしていた。俺も「仕方ないね……」と哀れむような苦笑いを返す。

こうして、精液ガム作戦は失敗に終わったのだった。

◆◆

二時限目が終わると、早速ねむは俺を誘ってきた。精液の補充が必要になったのだ。

「はぁ〜……私、精液ガム作戦は、我ながらいいアイデアだと思ったんだけどなぁ」

「仕方ないよ、遅かれ早かれ飲み込んでた気がするわ」

ねむはやや早歩きだが、普通に会話をしている。精液不足とはいえ昨日と比べたらマシなのかな？　焦っている様子はない。ほんの少しでも精液ガムの効果があったか。

「え、なにあれ？」

（ん？　すれ違った女子が、振り返って驚いているぞ？）

「明日こそはガム持続させるんだから〜」

そう言うねむのお尻らへんから……し、しっぽ⁉　ハート型に尖った先っぽが付いた、黒くて細い尾がユラユラと揺れていた。

「ねむ、まずい！」

「へ、へ？」

俺の指摘で自分のお尻に手をやる。

「わっ⁉　い、いつの間にか出てた！」

「急ごう！」

ねむは慌ててシッポをスカートに押し込んで小走りになった。俺もその後ろから隠すようについていく。

「でも、どこに行けば……」

更衣室はもう懲りた。しかし他の場所、となると……。

するとねむは女子トイレに向かって一直線に進んだ。

「え、女子トイレ？」

「大丈夫、渡り廊下のこっち側のトイレはあんまり利用されないから」

「ええ？　いやでも」

女子更衣室の次は、女子トイレ？　今度こそバレたら終わりじゃないか？　かといって他に俺も思い当たらない。

「し、しょうがないか」

ねむは辺りを見渡して人気《ひとけ》がないことを確認すると、俺を引っ張り込むようにしてトイレに入った。

中は本当に誰もいなかった。個室の扉もすべて全開になっていてホッとひと息つく。

「あは、拓夢と一緒に女子トイレにいるよ？　変なの」

「喜んでる場合か」

上半身をいやらしくくねらせながら、ねむがうわずった声で甘えてくる。紅潮した頬や俺を撫でる指はもう、欲望全開だった。そして頭には角も生えていた。

「しっぽは引っ込んだけど、エイッて押したとき、角がピョコンて出ちゃって」

「ところてんかよ」

「わ、わからないよぉ……ねぇ、中にちょうだい」

ねむは制服を脱ぎ始めると、俺に尻を向けた。スカートに包まれた丸い膨らみが股間にぶつかる。ぐいぐいとねむの尻が、俺に押しつけられていた。

「こっちだ」

ねむの手を引き、トイレの個室へと引っ張り込む。

トイレの便座に手を突いて四つん這いになったねむの尻に、怒張したイチモツを押し当てる。ふっくらとした尻が柔らかくて熱い。左右にユラユラ揺れている。

「んっ……ふは、あぁ……アレが当たってる」

「ねむのマンコ、すげぇ濡れてる。ぬるって入りそうだ」

ズリズリと肉竿を押しつける。べっとり濡れた割れ目は、欲しいものが来たと言わんばかりに、揺れていた。

やや開いた肉ビラは真っ赤に充血しており、ヒクリと震える。

「うぅっ……んん、挿れてぇ、早くぅっ……お願い中に」

ねむが泣きそうになりながら、尻を揺らしてねだってくる。延々と溢れる蜜汁が男根に絡みついた。切っ先を軽くあてがうと、すんなりと硬い肉竿が入っていった。

「ふは、あぁぁ……は、入ってきたぁ……んんっ、うぅぅんん、あ、あぁぁ、ズブズブって……少しずつ……んんーーー！」

声が出そうになったが、ぐっと歯を食い縛る。

ねむの膣穴は正常位のときと、全然違っていた。より深くて狭く感じる。締まり具合がちょ

うど良くて、肉竿が熱くなる。

「ふは、あぁ……大きくなったぁぁ…ふは、あぁ……ふぅぅ…あ！　ああっ……！」

ゆっくりとストロークを開始する。熱くぬめった肉穴は、バックからでも極上だった。

スカートをヒラヒラさせながら、ねむが突き上げられ、声をあげる。

「くっ……ねむ、声でかいっ」

「ふあ！　あぐっ、あぁっ……ひん！　いっひぃっ…だ、大丈夫だよっ、人いないし」

「急に腹痛起こす奴、いるだろ？」

授業中や休み時間にかかわらず、腹痛を起こしてトイレに駆け込む。ありえないシチュエーションではない。俺たちが入り込める場所は、誰だっていつだって来てしまう可能性があった。

「んんー、そうかも……で、でもぉっあぁ！　感じちゃって。あ、あ、ああっ……」

ねむは早くも夢中になっていて、声が堪えきれない様子だ。ロッカーではそこそこ耐えていたが、同じようにはいかないらしい。

「はぁ…はぁ……ん！　後ろっ……見えなくて怖いのにっ……はふ、うぅぅぅ」

ねむからすれば、バックはどうされてるか、見えないから戸惑いがあるようだ。だが、しっかり膣穴はペニスをつかまえており、ザラザラする肉壁は愉悦で収縮している。

こちらもねむのエロい顔が見られないのが残念だが、逆にしっかりと結合部分を見られた。体液のあふれる淫裂は、男根がどのように動いても、食いついている。

割れ目の直上にあるアナルもまた、すぼんだ蕾のようにひくついていた。

「はぁ、はぁぁ……うぅぅっ、んんー！　ああ、私どうなっちゃってるのぉ？」

「すっごい濡れてるよ。後ろは、締め付けきつい」

「そ、そうなのぉ？　後ろも深いところきてゾクゾクしちゃう……ガツンって奥にくると……もうイッちゃいそうになるぅっ！　あ、あ、あぁ〜〜〜」

汗で濡れたねむの尻は、突き上げられ、ブルブルと震えていた。たっぷりとした柔らかい尻肉が、プリンのように揺れる様は興奮させられる。

「いいよ。イッて」

律動のピッチを上げる。細い腰を掴みながら、温かい肉壷をかき混ぜ、突き上げた。ねむの尻は形が理想的で、腰のくびれからの曲線のカーブがいやらしかった。

髪を振り乱し、懸命につかまるねむをいつまでも見ていたくなる。

「あ、あっ……ふは……だめ……細かく突かれると……うっ……んんっっ……んっ……イックぅーー、ふあぁ……ああっ！」

ねむが絶頂の声をあげる。同時に膣穴が揺れて、より深いところへと肉棒を取り込もうとしてくる。この蠢きを浴びると、俺の性感も爆上がりしてしまう。

「ああんっ、ふわふわしちゃう。ああ、すごい……絶頂いいぃ……気持ちいいよぉ。ふあああ、ああっ……一度イクとどんどんそうなるぅ」

ねむが腰を反らし、がくりと項垂《うなだ》れる。指先までが震えていた。絶頂が全身に行き渡り、脱力したのだろう。こわばった肩がだらりと下がる。

「はぁ、はぁ、イッてぇ……もうだめ。セーエキ欲しいのぉ！　お、お願い……！」

「あぁ……」

ねむが腰をくねらせ、声をあげる。射精に向けて最大にまで力を込めたときだった。蜜汁がブシュブシュと吹き出し、ねむの膣穴が切なくうねる。

汗だくの細身の身体が不安定に揺れていた。

「はぁああーん……！　何度もイッちゃうっ……本気でイッちゃう！　いいっーーー！」

ねむが丸い尻をぐっと突き出したとき、子宮に向かって熱い白濁を放出する。自分の分身が噴射していく愉悦に、肩がこわばった。

「あ、あはっ……う、うぅぅん！　くるっ……あっついドロドロがぁ！　ひぎっ……ビュウビュウって……」

ねむは絶頂に次ぐ絶頂だった。便器をつかむ手が、真っ白になっている。白濁を湛《たた》えた蜜穴が、ヒクヒクと不規則に震えていた。

二人とも汗だくで呼吸が荒い。ポタポタと体液が床に落下していた。

狭い個室内は熱気と性臭が満ちている。ぼやける視界にねむの頭があった。

「あれ？　ねむ、角は？」

「あ……ひっこんだみたい。はぁぁぁ……やっぱり、拓夢の精液すごい。一度で魔力安定させちゃった……はぁぁ……」

ねむがちらりとこっちを見る。はにかんだような笑顔だった。俺の精液でこんなにも喜んでくれるとは、なかなかいい気分だ。

股間の辺りがむず痒い。いつの間にか、ねむの尻が揺れていた。卑猥にも男根を抜き差しするように、ゆったり律動している。

「んっはぁぁ……ミルクいっぱい。ヒザ震えちゃうよぉぉ……はぁぁぁ……」

余韻を貪るように、ねむがいやらしい声をもらしている。膣穴はがっつりと男根を飲み込み、白濁をゴポゴポと溢れさせていた。

「ああ、もったいない。サキュバスの命なのにぃ……ぎゅって締めなくちゃ」

膣穴がぎゅうっと締まって思わず喉が鳴る。まだまだ続きを催促しているみたいだ。

これまでも、ねむとのセックスが一度で終わった試しはない。サキュバスのなせる魔法というか技なのだろうか。連射が標準だった。俺もいつの間にかそれに応じている。

「また膨らんできた。うふふ、キュキュッて……してよかった……」

ねむはバックの体勢のまま、尻を前後に揺らし始めた。膨らみきったペニスが飲み込まれ、柔らかく揉まれていく。ミチミチと粘膜のぶつかる水音が響いた。

（こ、これは……いい）

「ねぇ……んんっ、ここ……精液でいっぱいになってるところで……感じてぇ」

ねむの尻が卑猥にも前後に揺れて、男根を飲み込んでいく。ズルリと入り込むときが心地良くて、頬が緩みそうになった。

「んんっ……気持ち良くなってもらいたくてお尻振ってるのに、私が感じちゃってるぅ……はあ、はあ……んん！」

ねむが尻を突き出したタイミングで、奥へと突き込む。ゴツリと子宮口にぶつかった。コリコリとして柔らかい。浅く細かく、律動を繰り返す。

「あっ！　あっ！　はうっ……ああん、で、でっかいのがぁ……ズンズンくる。一緒に動くとゾワゾワすごいよぉぉ……ふひぃぃ……イクイク……あああんっ！」

ねむが首を振りながら、切ない声をあげる。艶っぽい声と淫靡《いんび》な尻の動きに、見ているだけで高揚感を覚える。顔が見えなくても、お互いのリズムを合わせると、より深いところでつながったように思えた。

ねむもまた、髪を振り乱すほど上半身をくねらせて、愉悦を訴えている。

「はぁ、はぁ……んーーー！　さっきの何倍も感じちゃったぁ。あ、ああっ……即イキしてるぅ……んんっはうぅぅぅ！」

「うぅ、すごい搾られてる」

「うん、バックでもミルク搾りしたい……あ、あぁ……お尻振っちゃうぅ」

ねむがゆっくりと腰をくねらせる。淫靡なダンスだった。

（一緒に動くだけで、こんなにも深く強く感じるとは）

揺れながらチラチラとこちらを見るねむが、いやらしく見えてしょうがなかった。

「んん〜〜っ！　ふは！　あぁ、足が浮いちゃう。ああんっ、すっごいの、ふは、ああ、あぁ……やっぱりイッちゃう」

「イッていいよ。好きなだけ」

ねむの反応が良い浅いところをガツガツと削るように擦る。強弱をつけつつ、粘膜のデコボコを意識しながら、できるだけ細かく震わせた。

「はぁはぁ、イグゥウゥゥ…んん、もうイッてるぅ……だ、だめぇ……ふは、ああ！」

「こっちもイキそうだ」

「ああんっ、イッてぇ……！　もうおねだりしちゃう。いっぱいミルクちょうだい！」

目の前が真っ白になった瞬間、熱い白濁が弾けるように噴き出した。ぐっと奥へ押し込み、残さず中に出そうと深いところで止める。

「あああっはぁぁぁ……！　熱いのがいっぱい、中に入ってくるぅううう！　はぁあああん、いいいぃ！　いいのぉおお！」

愉悦が届いたのか、ヒクリとねむのアナルが震える。深い快感に満足したのか、両膝が震えている。俺も心地良い疲労感に脱力してねむの上に覆い被さった。

「はぁ……はぁ……んん、ふぅ……魔力がいっぱいになりそう。きっとしっぽも角も出ないままキープできる」

「よかった……けど、さっきのしっぽは笑えた」

「あは……廊下歩いてたときね。勝手にひょこって出ちゃって……でも、もうどっちもないよ？　普通の女の子だよ」

ねむがこちらを向いて、にっこり笑う。潤んだ目と緩んだ口元が可愛い。完全に変身しきった姿も、露出度高くてエロいし、今のように制服で尻を突き出している格好もいい。

そして、射精された後の陰唇の卑猥さは特別だった。二度目を放たれた陰唇は、白濁に半分以上埋もれていた。ときどき、ドロリと糸を引いている。

(うん。どっちもエロくて最高だ)

「でもまた飛び出てきたら困るよぉ……拓夢の前ならいいけど」

「俺はサキュバスでも、ハンパでも気にならないけどね」

最初は驚いたが、いつの間にか見慣れていた。家族も同然のねむだったからというのもある。見ず知らずのサキュバスだったら、慌てていただろう。結局、精液を提供することにはなりそうだが。

「うふふ……拓夢には全部ばれちゃってるもんね。はぁぁ……んーーー、開放感。超気持ち良くって魔力も溜まってきて、顔緩んできちゃう。ねえ、おかわりしてもいい？」

ねむが可愛くねだってくる。丸出しの雌陰には、ペニスが挿入されていた。

俺ももう回数を気にしなくなっていた。それも精力が伴っているからだろう。前のめりになりながら、深いところへと一気に突き込む。

「いいよっ」

「ふあぁぁぁ……ああんっ！」

軽く挿入しただけだが、ねむはもう絶頂していた。ギュッとすぼまった膣口が、ペニスを吸い上げるように蠢いている。ねむがイッた証拠だ。

「今、即イキしたな？」

ねむがうんうんと頷く。口をつぐみ、劣情を堪えていた。

「んっ……うぅっ、精液もらうほどすぐにイッちゃう。んんっ……超敏感だよぉぉ……」

「べつに我慢しなくていいって」

「ふほぉっ……んんっ！　で、でも、イキすぎ恥ずかしい……あ、あ、ああっ！」

俺はわざと振り子のように身体を振って突き込んでいく。

(可愛いところもあるじゃないか)

「はぅうっんん！　ああ、だめっ……ズンズンって奥擦られると……あ、あ、あぁー」

ねむの膣穴をぐちゃぐちゃとかき混ぜていく。それに応えるように、膣壁がざわざわとくっついてきた。

(オスの悦ばせ方、知りすぎだ)

こちらが操られていると錯覚するほど、ねむの膣穴は多彩な変化を見せていた。優しく握ったかと思うと、細かな粘膜がくっついたり離れたりを繰り返す。

「ひゃうっ……あ、あぁ……す、すごいぃぃいっ……お尻くねくねしちゃうぅぅ」

ねむの太股と尻が小刻みに震えていた。快感が走り、足元がぐらついている。

(こっちも似たようなもんだ)

俺は熱気で視界がぼやけながらも、全力で突き上げた。濡れて温かい膣穴は、何度擦っても締まりが絶妙で夢中になる。

「ふは！　あ、あぁ……コレ……あ、あ、ああっ……ヘンなのぉ、狂っちゃう」

「ん？　またイッたんじゃないのか？」

ねむがゆるゆると首を横に振る。見ている俺としては、普段の絶頂したときと変わらないはずだが。

「ふぁあああん！　ぜっ絶頂だけど、どこか違う。お腹の奥、爆発しそう。怖いぐらい込み上げるぅぅ……ふあああんっ！」

ねむが背中をつっぱらせて悶絶する。跳ねる身体を眺める俺もまた、ほど良い浮遊感があった。さほど挿抜していないが、あまりに締まりの良い膣穴に衝動が収まりそうにない。

（マジか？　気持ち良すぎる！）

身体が加速する。ぬかるんだ雌穴に搾り取られながら、ガツガツと肉棒を打ち込んだ。

ねむの細い身体がしなり、絶頂に膣穴が鋭く収縮する。

「はぁはぁ……俺ももうっ」

「ふひゃあぁ～……あ、あっ……とってもキモチいい……ふあぁぁ……！」

いよいよ、グラグラと煮え立つマグマが噴火しようとしていた。

ねむの膣穴を貪欲に摩擦していたそのとき、限界を突破した。堰を切ったように、熱い白濁が流れ出す。時間が止まったように感じるほど、深い高揚感があった。

「あぁあああぁあんっ！　はぁっ、あぁ、ああっしゅっごいぃぃ……身体がぁ……バラバラになっちゃったみたいぃぃ……はぁ、はぁ……！」

張り詰めていたものが壊れたように、ねむが項垂れる。よほど絶頂が強かったのだろう。

そのまま、放心していた。操り人形のようにだらりとしている。

すると、すぐ近くから水音が聞こえてきた。

かなりの快感に身体を動かすのも息絶え絶えだが、少し身を乗り出して見てみると、ねむは俺にペニスを突っ込まれたまま失禁していた。

薄黄色い尿がじょぼじょぼと音を立てて便器に飛び散っている。

「はぁ、はぁ、あ、あぁ～……わ、私なんてこと……と、止まってぇ……恥ずかしいよぉ」

ねむは羞恥に打ち震えて、困惑していた。放尿は続いていて、大きな水音が個室に響いている。

「や、やだぁ。これ、見なかったことにしてぇ……忘れてよ、ね？　んっ……はぁぁ……」

「わかった」

白濁が溢れた膣穴は、俺のペニスが挿入されている。この状態で放尿してしまうとは。目の当《ま》たり《あ》にした俺も動揺を隠せない。むしろ感動すらしていた。

（絶頂と尿意の我慢が重なって、ありえないほど気持ち良くなったんだろうか）

だとしたら男冥利に尽きる。絶頂が連続したから、お漏らししてしまったとも言えるな。レアなもの見たと思うと、興奮がおさまらない。

やがて放尿は勢いを失い、チョロロ……と小さな水音をさせて止まった。ねむのお尻がぷるっと可愛く揺れる。

「はぁ、ん……ご、ごめんなさい……おもらしなんて何年ぶりだろう」

「そう昔でもないだろ」

「え……嘘？　幼稚園入る前にはもうしてなかったよ？」

「小学生でもやってたぞ。幼馴染みよ」

「えっやだやだっ……！　私もうぜーんぶ知られちゃってるよ。はぁぁ……」

しょげるねむが可笑《おか》しくて、笑いを堪える。

（ああもう、最近ねむのことが可愛く見えて仕方がないな）

ただの幼馴染みなのに、と思いつつ、妙にほっこりしながら、俺はエロい姿のねむを眺めていた。

◆◆

翌朝。またいつものようにねむにお目覚めフェラをされて登校だ。

すると教室に入るなり、ねむの友達がなにやら手紙みたいなものをねむに渡した。

「へぇ、桐谷《きりたに》からラブレターか？　生徒会の副会長じゃないか。よかったな」

「あっもう！　勝手に差出人見ちゃだめっ」

ねむが慌てて手紙を後ろに隠すけど、もう遅い。

「べつにいいじゃないか。モテモテって、普通に嬉しくないか？」

「わ、私はそんな全然、違うよ？　ぜんっぜんモテないし！」

今し方手紙をもらったというのに、全力で否定する。するとねむの友達が横から冷やかしを入れてきた。

「ふふ、須栗君。早くねむと付き合わないと取られちゃうよ？」

「そうそう、ねむってば最近なんだか妙に可愛くなってきたし、前より確実にライバル増えてるよ？」

「は、はあ？　ななに言ってるのよ？」

答えたのは俺じゃなくてねむだ。ねむは顔を真っ赤にしながら、自分の机に向かった。

ねむが可愛く……確かにそれは俺も同意見だ。俺の場合、ねむとエッチなことをしているから余計なフィルターが掛かっているだけかと思っていたけど、周りも可愛くなってきたと思っていたのだな。サキュバスだから、精液を摂取すると魅力が増すとか、そういうことなのか？

「まぁ元から可愛いけど……」

「え、なんて？」

「ちょっと、ねむ！　今、須栗君があんたのこと……！」

「わー、やめろ！」

慌ててねむの友達を止める。まったく、俺もうっかり何を言っているんだか。

◆◆

体育の授業が長引いて、シャワーも浴びずにみんな戻ってきた。ボディシートである程度汗は拭いたがやはり臭う。つい匂いに敏感な女子を気にしてしまうな。

（それにしても）

体育の授業で男子の目を釘付けにしていたのはねむだった。

『水樹って、あんなに胸でかかったか？』

『多分。それより、最近可愛くなったよな？』

『エロくなったとも言うよな』

などなど……男子は、ねむの顔や胸やお尻の大きさを好き勝手話して興奮していた。

それを聞かない振りしながら聞いていたわけだが……なぜかずっとモヤモヤしている。

（べつにねむが可愛いのは今に始まったことじゃない。実際よくラブレターをもらってモテていたんだし、周りが俺との仲を冷やかしていたのも半分嫉《そね》みだとわかっている）

わかりきっていることなのに、ねむの話をしているクラスメイトに思わず「うるさい」と言いそうになった。

（いつものことなのに、変だ、俺）

軽くかぶりを振っているとチャイムが鳴った。今日最後の授業が始まる。

（あれ？）

ねむがいない。体育の着替えを終えて廊下を歩いていたのは見たぞ？　トイレかな。

教室に先生が入ってきて、授業が始まった。

（ねむ、どこにいるんだ？）

日直の号令が響き、ストンと着席したそのときだった。

足下に、なにかいる。そいつは両脚の間に無理矢理入ってきて、ズボンの上から俺の股間をそろりと撫でた。

（まさか？）

机の下をのぞき見ると……。

「んふ～♪」

やっぱり、ねむだった。

「……何やってるんだ。授業始まってるぞ」

ねむがイヤイヤと首を横に振る。否定されても、授業中という事実は変わらないんだが。

「だってオチンチン、可愛くて……はぁぁ、ちょっと弄《いじ》っただけでムクムクって大きくなったんだよ？」

オチンチン？　急に直接的な名称を口にしてるぞ？　一瞬ぞくっとしたが、喜んでいる場合じゃない。

ねむはファスナーを下ろして、反応しているペニスを取り出した。

「ちょ、おい、さすがにそれは」

教室でみんな勉強しているのに、俺だけチンポ出してるぞ。精液が足りなくなったんだろうけど、まさかこんなふうに求められるとは。

「ほんとワガママなオチンチンだね。大丈夫、先生にはばれないようにするから。はぁぁんっ……もうあっついね。硬くなって」

またも『オチンチン』と言った。よほど、欲しかったのか？　禁断症状のひとつ？　だが、可愛い顔でペニスをそう呼ぶ様は、愛らしくもあった。

「はぁ、はぁ……ちっちゃい穴から……チョロチョロって……ガマン汁しみ出てるぅ」

息を荒らげながら、ねむの手指が男根を撫で続ける。でっぱりに引っかかりながら、優しく愛撫していた。

「可愛い……まあるい頭が……んん……もうヨダレ出ちゃって……ぺろり、ぺろぺろ」

ねむは躊躇なく、握った肉竿を舐め始めた。待て、授業中にフェラチオされているんだが？　これってどうなの？　大丈夫じゃないよね？

「ねむ、ストップ。まずいってそれは」

「んん、大丈夫だよぉ……ちゅぷ、ぺろぺろ」

添えた手を柔らかく滑らせながら、温かい舌が行き来する。

「れろれろ……美味しい匂いがする。今日強い……んんっ、ぺろり、ぺろぺろ」

「体育の後だから汗臭いんだって。シャワー浴びれなかったし。いや、それもそうなんだけど」

「んっぺろぺろ、くちゅ。イイ匂いらよぉ……普段の何倍も特濃っていうか……じゅる」

ねむの舌がカリ首を撫でていた。潤んだ瞳がときどき俺を見つめている。

授業中にこんなことするなんて……バレたらえらいことだぞ。

(でも、このスリルを味わっている自分もいる。バレるかバレないかドキドキしながらチンポしゃぶられるのって最高だ)

「んんっ……じゅるう……それにぃ汗臭いならぁ……ぺろぺろちゅる、んっ舐めて……きれいにしたげりゅ……」

濡れた舌は、くびれたところやでっぱりを重点的に舐めていた。そこを穿《ほじ》るように、尖らせた舌先でつついたり、べったり這わせたりしてくる。

(うわ……腰ダルダルになりそうっ)

ゾクリとくる舌の感覚に、椅子から

立ちそうになる。ねむの舌先と手指のコンビネーションは、多様な技を編み出していた。

「ぺろり……ぺろぺろ……感じてるでしょ？　ぺろぺろ、ぺろり……ちゅく……」

思わず、頷きそうになる。ねむの舌がなめくじのように、じっとりと裏筋をなぞっていく。ときどき、弄ぶように左右に揺れると、睾丸までが浮き上がったように思える。

「須栗」

「っ！」

突然、先生に呼ばれて顔を上げた。

「須栗。いるなら返事しなさい。欠席にされたいのか？」

先生は点呼を取っていたようだ。クラスの何人かがこちらを見ている。まずい。咄嗟《とっさ》に両脚を閉じるが、ねむがいるので全部は閉じれなかった。それでも隠せたか？

「す、すみません、います」

くすくすと教室に笑い声が漏れて、先生は点呼の続きを始めた。

（バレ……てないな。いや待て、点呼を取っているということは、ねむも呼ばれる？）

俺は咄嗟に手を挙げて言った。

「み、水樹はトイレです。お腹が痛いって言っていたので、そのまま保健室、かも？」

先生は「わかった」と納得した。よかった、これで疑われないぞ。

机の下のねむを見る。クスリと笑うと、すぐにまた舌を這わせ始めた。

「だから言ったろうが」

小声でたしなめるが、ねむは目を細めて舐め続けていた。

「ごめんらさい、もっと気持ち良くしてあげりゅから許して？　あんむっ」

（うっ……咥え込まれた）

ねむは軽く肉竿を咥えたまま、頭を揺らし始めた。唇が柔らかく吸いつき、唾液とガマン汁の混ざり合う音が鳴る。

「じゅぷ……じゅぽぽっ、じゅぷっ…ずじゅぅう……んんっ、大きい……んっ、濃い味ぃいぃ……じゅる、じゅぽぽ……」

熱いぬめりが男根を包み込む。夢のような甘美さだった。肉竿を通過し、亀頭の辺りに到着すると、舌の動きが器用さをみせる。

（チンポが蕩ける……）

あまりの快感に脳の奥が痺れた。授業中だというのに、ねむは構わずフェラチオを続けている。

「じゅるる……ずじゅううう……ちゅぱっちゅぱっ……んん～～おいひいぃ……とってもジューシーィィ、じゅるる、じゅぽじゅぽ」

「き、今日……我慢できたんじゃないのかよ」

ねむが精液を欲しがるサイクルは短かったが、今日は長い時間要求がなかった。

「うん、体育の授業でバスケ頑張ったから、ちょっと忘れられたみたい……ん、ガマン汁ドロドロ……んんっ……じゅぽぽ……」

運動で性欲がごまかせたというわけか。

「んんっ？　ほっぺの内側でゴロゴロしてたらぁ……ずずっ……カスみたいなのが……」

ねむがネズミのように、頬を膨らませながら首を傾げる。

カスみたい？　それは、いわゆる恥垢という奴だろう。ねむの口内が刺激的で、ときに強く当たっていた。はずみでとれたのだろう。

「ね、ねむ、それは」

「んんっ……じゅるるるるっ。吸い上げて、舌でこねて……モグモグ……ん」

（チンカス飲むとは）

正体を明かす前に、ごくりと喉が鳴っていた。ねむの胃の中へ収まる。可愛いねむの口でそぎ落とされ、迷わず飲んだと思うと、ますます燃えてしまう。

「んんっ……じゅる……ちゅぽちゅぽっ……んん〜っ！　ぐぐって反ってるぅ」

いよいよ興奮が頂点に達しようとしていた。舌先も唇も力が増して俺もまた、限界が訪れようとしていた。

「くっ、もう出るっ」

言い終わる前に、熱い白濁がねむの口内へと流れ込んでいく。

想像以上に射精時間が長い。精液の量も多かった。下半身の快感が込み上げてくる。体温が一気に上がったようだ。

「んぶぅうっ、じゅるるるるっ……ドバドバ止まらにゃいぃぃ……んぐ、んんっ……ねばっこいのがぁ……喉のおぐにぃぃぃぃ」

ねむが眉をハの字にしながら、オロオロと辺りを見る。想定以上に白濁が口内に入ってるようだ。うまく飲み込めずに顔を真っ赤にしている。

「んんっぐっ……ら、らめぇ……こぼさない、もったいないぃ……んんっ！」

ねむは噴き出しそうになるのを、必死に堪えていた。さすがサキュバス。貴重な魔力の源は無駄にしない。顎をあげ、小さな口をモゴモゴとさせながら、ゴクリ、ゴクリと飲み込んでいく。

「んっんっ、ごくごく……ふぅうっはぁ、やっぱりザーメンおいひぃ……じゅる……オチンポミルクゥゥ」

（ザーメンにオチンポミルク？　オチンチンに続いて？）

机の下のねむは、これまであまり言わなかった淫語を連発していた。普段のねむなら口が裂けても言わないだろう言葉に、なんとなくだが、それだけサキュバスの完成形に近づいているということかと思った。

ちゃんと供給できていると安心する反面、完全なサキュバスに近づくねむを、少し怖くもあり、寂しくもあったりして。

(なんだか最近、自分の感情の起伏が激しいな)

ねむが細い腰をくねくねと揺らす。色っぽい仕草は、こっちを誘惑していた。

「あそこももう濡れちゃったのぉ。ふは、あぁぁ……フェラチオしながらムズムズしちゃってぇぇ……」

ねむが腰をひねって、シッポを持ち上げる。屈んで覗くと、丸見えのパンツにシミが出来ており、指先が動いていた。

どうやら、そこを自分でも弄ったようだ。

「オナニーもしてたのか」

「だって、オマンコ濡れて……触りたかったんらもの。ちゅぷ、ちゅぽぽ……んん、またおほぎぐなったぁぁぁ……んんっ、復活ぅ、あんむ、ずちゅ、ずずっ」

ねむの濡れた股間を見たせいか、俺のペニスがまたゆっくりと上を向き出した。パンツにできたシミは想像以上に大きかった。フェラチオをしながら、ずっと慰めていたと思うと、劣情に訴えるものがある。

ねむが顔を横に振ったり、舌先で尿道口をつついたりと、愉悦を引き出そうとしてくる。最大の硬度を保った男根に、唾液と白濁がまとわりついていた。

ねむはフェラチオをしながら、腰を振っている。やはり、陰唇を撫でる指が止まらないのか、揺れるシッポと尻が、楽しそうに震えていた。

「じゅるっじゅぽぽぽっ……ずじゅっじゅずぅ……んん！　おいひぃぃミルクほちい。オマンコもぉ、ンンッ……びちゃびちゃらよぉ……指入っちゃいそうっ……じゅずず……」

授業中に机の下に潜り込んで、フェラチオとオナニーが止まらない。サキュバスのエロパワーは際限ないのか？

「んっじゅぽ！　じゅるるる……しゅっごいぃ……モゴモゴすると……じゅるる……オチンチン悦ぶ！　ずずっずちゅうう。んはっ、オチンポみるくぅ……！」

背中がゾクゾクするような快楽に、息が止まりそうになる。うっすらと見える教室の風景は、何も変わっていない。だが、静かな教室でねむだけが揺れて、フェラチオに夢中になっていた。

「次の問題。これは解き方がいくつかあって」

忘れそうだが、教壇には先生が立っていて、みんな授業を受けている。俺は先生に当てられないようにをすくめた。この状態で指名されたら……校長室呼び出しで、明日からきっと学校に通えなくなる。

だけど、授業中という背徳感に改めて興奮してしまう。ねむのフェラチオもまた、情熱的だった。手指がシコシコと細かく揺れ、唇は男根を吸い上げようと小さくすぼまる。

（もう限界っ）

ほとばしる雄汁が、ねむの口内へ流れ込んだ。

「んん～～～～っ！　んぶ、んんっ！　はぁ、あっついのぉ……どばってきたぁ……んぐ、ごくり……じゅぷう……んんっ！」

　腰の辺りがヒクヒクと震えている。射精の快感が脳天を直撃していた。

「じゅるるるっンン、おいひぃぃ……ごくごく……できたてのホットミルク……はぁぁ……喉に絡むぅ」

　余韻の愉悦で、視界にもやがかかったようだ。ドッと汗が流れて疲労感と達成感で、惚けてしまう。

「そういえば水樹が戻らないな？　須栗、やっぱり保健室に行っているのか？」

「……っ！」

いきなり、先生に質問されてしまった。机の下でチンポしゃぶってますよ、とも言えず。しかも現在進行形でねむは、精液を飲もうとしている。

「た……たぶん、そうだと思います」

「そうか。では続ける。この問いだが、もっとも簡単に解くには……」

ねむが机の下で満足そうに笑ってる。まったく。こっちはヒヤヒヤしっぱなしだっていうのに。

「ごちそうさま♪　はぁぁ……うふふ、魔力がたんまりだねぇ。おかげで安定しそうだよ」

「そのシッポ、ひっこめるの忘れるなよ」

「うん。もう大丈夫。でも……どうやって席に戻ろう？」

絶句する。今いきなりここから出てきたらマジックだぞ。

「授業終わるまで、そこにいるしかない……かな」

「そっかー。じゃあ、おかわりもう一回♪」

「ま、マジかよ？　あ……」

ねむは返事を聞く前に、萎えたチンポを咥えて顔を揺さぶり始めていた。やれやれ。先生にまた指されないよう、俯くしかないか。

俺は呆れながらも、机の下のねむを眺めていた。

放課後になった。みんな、明日から始まる期末テストの話題をしながら帰って行く。

ねむは、先ほどの授業が終わると、バラつく生徒に紛れて何食わぬ顔をして自分の机に戻った。なんだかもうお手の物、といった感じだったな。末恐ろしい。

◆◆

「拓夢、一緒に帰ろ♪」

笑顔で言われるが、明らかに精液を欲している。さっき飲んだばかりなのに。

「家までガマンできないのか？」

小声で言うとねむはしょんぼりして首を振った。

「すぐしっぽが出ちゃいそうなの」

そういうことなら、仕方がない。まだ教室に残っていた生徒にからかわれながら、ねむと廊下に出る。

そのまま俺の手を引っ張っていく。どうやら、もう『場所』は見つけてあるみたいだ。

そこは、空き教室だった。廊下側の壁には窓があり、帰っていく生徒たちが映る。

ねむはドアに内側から鍵を掛けると、サキュバスに変身しながら俺に迫ってきた。

「お願い、欲しいの。だってパンツ、いっぱい濡れちゃって、ずっとウズウズして止まらなくて……」

机の下でフェラチオをしていたときから、ガマンできずに軽くオナニーをしていた。それじゃあ足りなかったということだ。

「やっぱり拓夢としたい。気持ち良くなりたいよぉ。だから……ね？　しよう？」

困ったようにそう言われると、男として非常に誇らしかった。

目を潤ませて懇願する様は、愛らしくもある。もったいつけたくもなるが、それはおいといて。

「明日から期末テストだぞ？　わかってるのか？」

「うん♪　毎日勉強してるから。そっちは心配ないよ？」

優等生のねむはそうだろう。だが、俺は違う。窮状を訴えたくもなるが……。

（まあ、いっか）

ねむが俺に絡みついてくる。巨乳が身体にくっつきブニブニと弾んでいた。細い手指が俺の身体を撫で回す。首、肩、背中。だんだんと下半身へ伸びていた。

「ねぇ、サキュバスって、唾液でも魔力を取り込めそうな気がするの。やってみない？」

「それってどういうことだ？」

「キスするの。ベロベロって舌を絡ませて……唾液を交換し合えば……」

キス……と言われ、改めてしていないことに気づく。いつでもペニスを吸われたり、すぐにセックスというか、本番行為ばかりだ。

即物的というかなんというか、サキュバス相手だと建前がないな。

「いいでしょう？　唾液で魔力安定するのもいいかなって。もちろん、続きも」

ねむの手指が膨らんだ股間に伸びる。指先だけでサワサワと表面を撫でていた。ジッパーの音が響き、フル勃起したものが空気に晒される。

「もう大きくなっちゃってるよ？　ふふ……じゃあ、キスしよう？」

ねむの柔らかい舌が、口に入り込んでくる。控えめなキスだった。こわごわと俺の口を探るようだ。それが妙に可愛く映る。

「んんっ……ちゅっ……ちゅっちゅ……んんっ」

手にはねむの巨乳があった。タプタプと手で弾いて弄ぶ。ボリュームがあり、重量感が官能的だった。

「こ、これで……ちゅ、ちゅるっ……キスできてる？　んんっちゅっ」

「んー、たぶん」

「な、なにそれ？　ちゅる……初めてなんだから。こうやって舌入れたりっ……れろ、ちゅく、ちゅっ」

ねむがやや本気をみせる。俺の舌を絡めながら、唇も動かし始めた。こっちもやる気が出てくる。歯の裏を撫で合ったり、垂れてきた唾液を吸ったりと、熱が上がっていく。

「んんっ……じゅるっちゅっちゅ……はぁ、はぁ……んぐ……唾美味しい」

ねむが興奮し始めていた。ペニスをつかんだ手に力がこもる。手コキの加減はほど良くて、シュッシュッという軽やかな音を立てている。

(キスも良くなってきて、チンポもまた……)

「ちゅっちゅっ……ふは、はぁあ……唾ってすっごく甘くて……いい匂い……」

よほど唾液が気に入ったのか、舌に吸いつき唇の裏や奥まで舐めようとしている。絡めれば絡めるほど、互いの唾液が染み出してきて、それを混ぜ合っていた。

「んっ…はぁぁはぁぁ……ふあ！　おっぱいもぉ、ぅぅぅんっ……乳首……こねこねされて……う、ひんっ……」

細い肩がすくんで、ねむが腰をくねらせる。尖った乳首をつままれて、感じてしまったのだろう。快感を覚えながらも、キスも手コキも止まっていない。

サキュバスって精液を得るためなら、身体のあらゆる部位を使って楽しむのだな。持久力、学習力ともに想像を超えていた。

「んっちゅっ、んんんっ！　ふあ、あぁぁ……オチンチン……すっごくあついぃ」

どういうわけか、肉茎にまとわりついている指以外に、何かが巻き付いている。ねむの手が一本増えたわけではないな？

「んっ……あふ、ちゅっ……シッポらよ。ね、上手に使えるようになったでしょ？」

「ああ」

「オチンチンの敏感なところ、シッポで巻き取って撫で撫でって……ちゅっちゅっ……ほら、ぬるぬるがれてきて……はぁぁ……はぁぁ……んっ、唾飲むと動いちゃうぅぅ」

ねむが色っぽく尻を揺らし、吐息を漏らす。唾液で欲情したのだろう。柔らかな乳房が餅のように伸びて、手に馴染んでいた。キスと乳房で身体は出来上がったようだ。

「ポワポワしちゃう。ちゅっちゅう……すごいのぉ……はぁ、んんっ気持ちいい。キスって……んぐ、ちゅぷ……おっぱいもおマンコも……敏感にしちゃうんらね」

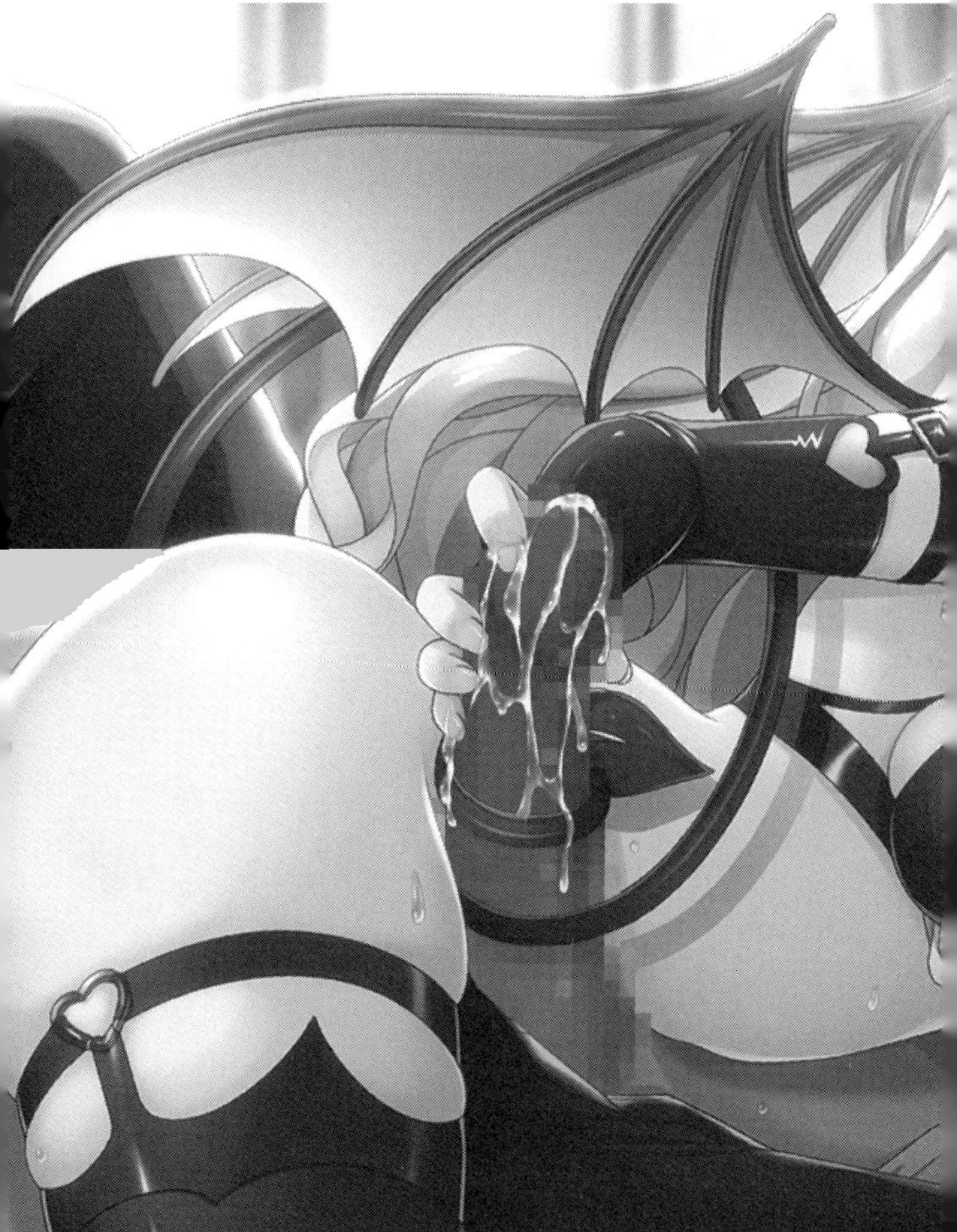

頭を傾げながら、ねむが貪るようにキスを続ける。手の中の乳房は温かくて弾力があり、弄っているだけで恍惚とできた。それだけではない。ねむの手コキとしっぽコキのコンビネーションが、欲望を盛り上げる。

「ねむの手マンコもすごいよ」

指がバラバラに動いたかと思えば、五指がそろって肉竿をそっと握り、上下動を繰り出す。わざと敏感なところを掠ってみたりとあおっているのがわかる。

「手マンコ？　んんっ……ちゅる、んんっ……オチンチンをニギニギしてるから、シッポマンコと一緒にぃ」

しっぽがツンツンとカリ首をつついてくる。程良くソフトな加減に、ますますガマン汁が漏れる。ねむの手もシッポも粘液にまみれて、よく滑っていた。細やかな締め付けまでが、伝わってくる。自由自在に動き回るロープのようだ。

根元からからせん状にまとわりつき、シュルシュルと亀頭までを締め上げる。味わったことのない衝動に、吐息が漏れてしまう。

互いの体温でより興奮してしまう。これまで何度もセックスしてきたが、濃厚なキスは脳に電気が流れたようだった。

乳房をまさぐる指が、食い込むように沈んだ。ツンとたった先端もまた、グリグリとひっぱる。

「はぁっあんっ乳首ひっぱられて……うぅぅんっ……力抜けちゃう。キスが止まっちゃうよ。唾、もっともっと欲しいのに、ちゅる……唾ならもらいやすいし」

ねむの言う通り、精液よりも唾液のほうがイージーに手に入れられるだろう。しかも舌を絡めて、身体をまさぐり合っていると、想像以上に身体が熱くなる。

「でもねむが欲しいのはザーメンだろ？」

コクコクとねむが頷く。やはり精液のほうが、唾液よりも強烈に満たされるのか。ディープキスは盛り上げるための通過点にすぎない。それはサキュバスも同じだった。

「はぁはぁ……ちゅぷ、んっっ……唾もいいけどザーメンちょうだい。いっぱい擦って、しっぽも……ぎゅってするのぉ」

快感でぼんやりしながらも、ねむの手とシッポは器用に揺れていた。シッポが亀頭の辺りに巻き付き、肉竿全体をこねてくる。そこをねむの手指が細かく揺らしていた。

「んんっ、ちゅる、ちゅぷ……ちゅっちゅるるっ……んんー、あっついぃ……」

「うぅ、出る……！」

どれほど手としっぽに擦られていたのか、長かったか短かったかもわからないまま、子種汁が爆《は》ぜた。

「あぁ……いっぱいビュッビュッて出たねぇ。はぁあ……シッポにも飛んじゃって」

ねむはやや俺から離れると、おいしそうにしっぽですくった精液を飲み始めた。細い尾が蛇のように揺れて、飛び散った精液を回収している。

「んんっ、ちゅぱちゅぱっ……はぁぁぁぁ……こくん。んじゅる、ずず……ぺろり……」

「はぁ、はぁ……しっぽ、すごいな。手みたいだ」

「うふふ、これだけ動くとほんと便利……ちゅる、ちゅる、ずず……」

「もう一人前なんじゃないか？」

「ん……わからない。精液で頭いっぱいになっちゃうのは変わってないし……それに前よりももっとたくさん欲しい気もするし」

サキュバスとして成熟したが故《ゆえ》に、成体を保つには膨大な精液が必要なのかな？

ねむはまた身体を押しつけてくる。俺の手をとると、ブニュリと自分の巨乳を掴ませた。

目つきがトロンとしている。スイッチが入っていた。

「だからまだザーメン欲しいかも。はぁぁん、んん！　おっぱい揉まれると……はぁぁ……快感……きちゃうのぉ」

グニュグニュと乳房を揉みながら、ねむを受け止める。

「ちゅっ、んん……唾とザーメン一緒にとったら……メロメロォ」

ねむが舌を伸ばしては、求めるように口内を探ってくる。唾液が流れ込んでいた。サキュバスの舌でなぶられ、やはりペニスをしごかれて、力が抜けそうになる。

「あ、焦りすぎだ」

「じゅるる……ちゅぷ……んんー、焦るよぞ。こんらにぃエッチにしちゃうんらものっ……唾もザーメンもすごいぃ」

小さな唇が俺の舌先を吸い上げて、まるでストローだ。ねむが自分の口内へと、引き込んでくる。

ネットリと濡れた舌が、ツンツンと優しく俺の舌をつつく。くすぐったくて、肩が跳ねてしまった。

「感じてると、唾、いっぱい出るんらねぇ……うふふ、じゃあ、いっぱいベロチューしちゃおっか？」

「そうだな。おっぱいも揉みながら」

「ちゅっ……ふひっ…あ、ああんっ……乳首弱いのぉっ……ちゅっ、ちゅる」

ねむが背中を軽く反らす。敏感な身体は、最初に吐き出した白濁と唾液で、欲情していた。

乳房を揉んでいると、心臓が高鳴って、体温があがってくるのがわかる。そしてまた肉竿にしっぽが巻き付いていく。

「じゅる、ちゅっ……ちゃんと……ゴシゴシして……ちゅぷ、んんっ、しっぽも先っぽに巻き付けて。うん……ぶわってカサ開いたっ……ふふっ、オチンポ面白い」

ねむがチラリと男根を見る。ぐんと反り返っており、最大にまで膨張していた。巻き付いたシッポに揉まれて、青筋が立っている。沸騰した血がここに集まっていた。

「んぅん、気持ち良さそう。ガマン汁も、たらーって垂らしちゃって、んんっちゅっちゅ」

ねむが尻を揺らし、息を漏らす。自分もまた、劣情を催していた。手指に絡む乳首を撫でると、太股が跳ねてしまう。

「ちゅる……ちゅぷ……んーーー！　ふは、じゅるる……ゴクリ……はぁぁ。喉通るのぉ……すっごくおいしぃ」

ねむが頷きながら、熱い吐息を吹きかけてくる。甘い匂いとほど良い温《ぬる》さに、俺もまた、むず痒さが増していた。規則的に動く手指は、根元から先端までを丁寧に擦ってくる。自由自在に動くシッポと、微細に変化する手コキ。官能的なキスもそうだ。唾液を絡め合っていると、没頭してしまって理性が壊れそうになる。

「オチンポ、ジンジンしてるぅ……ジュルッ……ちゅっ、ちゅ……んんっ」

「ああ、だめだ。また、イク……！」

ドクンと飛び出した精液が、ねむの太股や手指に噴射されていた。想像以上に量が多くて、我ながらやや驚くほどだ。

「ひゃううんっ！　はぁあああ……あ、ああっ……れたぁぁ……ザーメンがまたピュッピュッてぇ」

ねむがシッポでユラユラと精液をかき集める。黒く尖った先端が、白濁で見えなくなっていた。

「じゅる……はぁあああ……しっぽで精液すくって……おいしぃぃぃ……いっぺんに集められるねぇ……」

ねむは上を向くと、シッポの先端から白濁をポタポタと垂らして、口に入れた。白くほっそりとした喉がへこみ、通過していく。

半目になりながら、極上のドリンクを飲んで満足そうに微笑んだ。

「んんっ……ごくごく……はぁぁぁ、おいしぃぃ」

潤んだ目のねむが、口の周りをペロリと舐める。背中の羽がゆらめいた。いかにもご機嫌といった感じだった。

「オマンコも濡れ濡れなの。ねえ、見て。止まらないからオチンチンで栓をしてぇ……お願い」

ねむの股間を見ると、言葉以上に濡れていた。内股の辺りにまでマン汁が垂れている。

衝動に駆られたねむが、俺を机に押し倒してきた。その上に跨がるようにしてのしかかる。

「ちょっと、待てって」

「やら、もう無理ぃ、オチンチン欲しいのぉ」

亀頭を軽くつまむと割れ目へと誘導する。そして、瞬く間に熱くて粘液に満ちた肉壷に、ペニスが包まれた。

「うぅぅ、気持ちいい」

「ふは、ああ……ズズーーッて、オチンチン入っちゃったぁ。はぁ、はぁ……んっ、お尻動かすね。んんっ、オチンチン硬い、パンパンになってる！　はぁはぁ……んーーー、はぁ、はぁ…気持ちいいところっ……ピタッて、当たってるぅ……」

大きな胸をぐにゃぐにゃと歪めながら、ねむが尻を突き入れるように抜き差しする。汗だくの身体といやらしい顔が目に入る。サキュバスの羽をバタつかせながら、恍惚としていた。

「はぁ、はぁっ！　キスと手コキでぼんやりしちゃって……オマンコがキュンキュンって、ずっとしてたの。ああ、はぁっ……！　だ、だからお漏らししたみたいになって……やっと……オチンチン来て…ふは、はぁ……お尻ぐいぐい振っちゃう」

ねむがあえぎ声をあげながら、より深いところを探っていた。ねむの尻と俺の腰がぶつかる音が教室に響く。肉棒が一瞬空気にふれる感じがまた欲情させてくれる。

「好きにしていいぞ」

「う、うんっ……上になってお尻振るの。んんっ……よく……わからないけどっ……んっくうぅぅっ……ふあっ！　んーーー、奥ぅっ……はぁっはぁっ！　オチンチンずぼずぼするのお！　いいっ……いいっ！」

ねむが甘い吐息をつきながら、下半身をぐんと深く落とす。子宮口に亀頭がぶつかって

いた。丸く硬いところをゴリゴリと擦る。

（うっ……これ、読めなくていいかも）

自分主導ではなく、ねむに任せていると、どこをどうされるか、予想できない。サプライズ的な快感があった。

「うぅうんっ……お尻をくねくねってひねると……あ！　あ！　あぁーーっ！　ひはっ……クリまでっ……はぅぅぅぅっ……！」

ねむは男根を咥え込んだまま、丸い尻で円を描いている。クリトリスと膣奥の両方が、狙い澄ましたように密着していた。敏感なところを自分で探し当てて、自分主導でほど良く刺激しては溜息を漏らしている。

（尻がエロいぞ。こっちもチンポが持

ってかれそうだ)

ねむの腰が徐々に加速する。男根を膣内でひねっていたが、やがて上下に細かく跳ね始めた。ズジュッ、ジュズズッという、律動音が響く。ねむの汗が俺の胸や首に垂れていた。

串刺し状態で夢中になって、ハードなダンスを踊っている。

「すっごいぃぃ……コツコツ当たって気持ちいい！　お尻が浮いちゃう……ああ、はずんじゃうよぉ！　うぅぅっ……オチンチンねじ込んじゃうっ……はうぅっ……」

ねむが沈むと巨乳もまた、潰れてくっついてくる。餅のように柔らかくて、心地良い。

ねっとりした粘膜が燃えるように熱い。その窮屈で濡れた淫穴をかきわけていく。

ねむが沈んできたタイミングに合わせて、俺は腰を突き出した。

「はぁっはぁっ！　あぁぁぁ〜〜〜っ！　つ、突き上げられたぁ……うぅぅんっ……こんなに深くまで入るなんて……ひぃっ！　ズンズンくる！　オチンチンが何倍も大きくなったみたいだよぉ」

ねむの上半身がグラグラと不安定に揺れる。たっぷりと濡れた膣穴は、あらゆる角度で男根を受け止めていた。順応性の高さと貪欲さに、こっちまで翻弄されてしまう。

(締め付けもボコボコもすごい)

胸を押しつけながら暴れるねむは、こちらの動きに合わせて、下半身をくねらせていた。口をパクパクさせながら、ほうと色っぽく溜息をつく。

「んんっ……ふあ！　あぁぁ……もう、イッちゃぅぅぅ……ふあ、あふっ……ああんっ……イクゥゥ……イクイクゥゥ……はうぅぅーーっ！」

ねむが大きな声をあげると、ガクリと前に倒れる。密着度がさらに増した。そして、そのまま動かなくなってしまった。濡れた膣穴は未だに切なく、ペニスを締め付けている。

「ねむ？　大丈夫か？」

「はぁああ……はぁ……ふは、あああんっ……気絶ししょうになっちゃったよぉ……はぁぁ、はぁ……気持ちよしゅぎぃぃぃ」

ねむは呂律《ろれつ》が回っていなかった。ぼんやりとしていて、胸を微妙に押しつけている。

「ああんっ、私ばかり……オチンポミルク欲しいのにぃ」

「ううぅ、すごい締め付け……俺ももうっ……くっ！」

「ふはぁっ！　ああんっ……頭真っ白になりそぉ！　オマンコ壊れるぅぅぅっ」

徐々にねむの速度が上がり、押しつけるパワーも増していた。蠕動する膣壁が肉根にしがみついてくる。

（チンポ溶けそう）

「ああんっ……一緒にイキたいぃ、今度こそ……はぁっはぁっ！　うぅんっ……！」

ねむがまた、腰を揺らし始める。ポタポタと汗が伝っていた。お互い汗だくだった。机の脚がガタガタと大きな音を立てている。

　ねむが腰をゆっくり引いて、ぐいと押し込んでくる。抜けそうなギリギリを狙っていた。複雑なヒダをまとった膣壁が、ジュザッ、ヌプゥゥゥッと鈍い音を立てる。

「あああ、おっきく腰動かすとオマンコとろとろになっちゃうの！　ああんん、だめぇっ……もうだめぇぇぇ……イクゥゥっ……ああ、イッちゃうのぉ……！」

「うぅぅ……こっちもっ！」

　ねむがしがみついてくる。ますます全身が密着して、柔らかさと熱っぽさが伝わってきた。ペニスの先がチリチリと燃えそうだ。興奮が頂点へ向かっている。

「イッちゃうのぉぉぉーーー、あ、ああイクイクゥゥゥゥ……はうぅぅっ！」

　狂ったようにねむが尻を突き出したそのとき、身体の奥から白濁がドクドクと放出された。視界が真っ白になって、射精の快感をただ味わう。

「ひゃうぅぅっんん！　ああぁ、はぁ、はぁ！　中にザーメン流れ込んできたぁ……はぁぁ、たっぷりぃぃぃ……んっ、ふは、あっ……」

　口元にヨダレを光らせながら、ねむが恍惚としていた。やがて電気が切れたように、パタリと俺にのしかかってくる。

　ムチムチとした女の子らしい身体が、想像以上に軽くて思わず撫でたくなる。

　汗に濡れた乳房はさらに広がって、くっついてきた。

「はぁ、ふぅうう、はぁ、はぁ、んんっ、ザーメンいっぱい……はうぅぅぅっ……お腹、波

打っちゃうぅぅ。はぁ……はぁ……」

汗や熱気でむせかえるようだった。目がぼやけて、意識が遠ざかっていく。未だに肉茎は脈動していて、残滓《ざんし》を放出していた。ねむが甘えるように抱きついてくる。

「んっ……はぁぁ、はぁぁ……オマンコ気持ちいい……いっぱいザーメンもらえたぁ」

間近にねむの笑顔があった。耳まで真っ赤になっており、異様にエロティックだった。

しっぽがふわりと宙を舞う。ついさっき、あれでペニスをしごかれ、欲望を吐き出していた。

ポタポタという、体液の落ちる音が鳴る。

「あぁ、もしかしてせぇぇき？　いやあんっ……こぼしたくない」

「いや汗だ」

「はぁぁ。よかった」

ねむがほっと息をつく。フニャリとした子供のような笑顔が戻る。サキュバスにとって精液はご馳走だ。ほんのわずかでもこぼしたくないのだろう。

それにしても、どんどんねむの欲望は強くなっている。以前の俺なら、手に余していただろう。だが、今はまんざらでもないような気もしていた。

(サキュバスの魔力なのか、俺の精力あがってるからな)

日を追うごとに絶倫化が著しい。こんなにもエロくて可愛い小悪魔と、ほとんど一日中と言っていいぐらい、搾精されているせいもあるだろう。

「はぁあ……魔力溜まってきた。んんっ……オチンポももうおっきくなってるよ？」

俺に覆い被さったままのねむが、また尻を振って円を描き始めていた。放課後、部活に励む生徒の声が聞こえてくる。廊下をよぎる人影もなかったわけではない。それなのにまた俺はチンコを腫らしてねむは精液を欲しがる。

「ふふっ、私の格好、誰かが見たらびっくりしちゃうね」

角と、羽としっぽの生えた、いやらしい小悪魔が男に乗って腰を振っている。

「それもそうだけど、こんなとこ見られるほうが一大事だろが」

「はぁぁ、んんっ……エッチしちゃってるところ？　ふふ、そうだねぇ。でもとっても気持ちいいからやめられないぃ♪」

放課後の空き教室であっても、ねむの搾精は続く。胸をブニュリと押しつけながら、全身をランダムに揺らし始めた。

「んんっ……ふは！　あぁっ……少し擦っただけでぇぇ……はぁぁ。はぁぁ……力抜けちゃいそう」

ねむが、はぁぁと甘い吐息をつく。これを浴びると、俺のテンションまで上がってしまう。サキュバスの吐息は、甘くて雄を欲情させるものがあった。

「はぁぁ、はぁぁ……クリトリスがぴったり当たって擦れて気持ちいいぃ」

腰をくねらせ、声をあげるねむは、いかにも手慣れた娼婦のようだ。自分の快感を貪欲に求めて、雄の精を搾り取ろうと情熱的に踊り続ける。

場所がどこだろうと、欲望に素直だった。

「もし、そこのドアをこじ開けて誰か来たらどうする？」

チラチラと教室のドアを見る。鍵を掛けたと言っても、開けられないわけではない。職員室にはスペアがあるのだ。

「うぅっあぁんっ……ここ物置みたいな教室だから、大丈夫だと思うけど……でも、拓夢以外にエッチなとこ見せたくないなぁ。らって……あぁあん、こんなに気持ち良くて……ぼんやりだからぁ」

ジュクジュクと熟れた果物のように、ねむの淫穴は体液を湛えていた。そこを男根が行き来し、ねむの表情がどんどん蕩けていく。

（俺以外って……）

一瞬、にやつきそうになるが、すぐに顔を引き締める。

ペニスの切っ先は、子宮口や膣壁のでっぱりを削ぐように追突し続けた。温かい肉壷は具合が良くて、骨抜きにされてしまう。

「んーーっ、あ、あはっ、ハァア、ハァァア……っ、突き上げっ……はうぅぅっ！　す、すごいいぃいぃ……むあああーーー」

ねむがぐいと腰を沈めると、先端が子宮口をえぐるようだった。丸い尻がブルブルと震える。柔らかな子宮口は下がっていく。ねむは、何度も絶頂したために、意識が朦朧としている。

「あ、あぁぁ〜〜〜〜アクメェェ……んおぉぉぉっ…オマンコアクメきてるぅっ……ふは、あ、あぁあっ……あひぃぃぃぃっ！」

壊れた人形のように、ねむが腰をめちゃくちゃに揺らしてくる。どう動いても、絶頂が連続するのだろう。口元にヨダレを浮かべながら、夢中になって全身を震わせる様が、雌犬と重なった。

雄が欲しくて孕みたくて、艶っぽい声をあげ、求め続ける。

「ひゃっはぁぁぁんっ！　ぶっ飛んじゃってるのぉっ……あ、あ、あっ！　オマンコ、グリングリンしちゃうぅぅっ！」

最奥地にはさまった肉棒は吸い込まれ、膣口にキュウキュウと締め上げられる。波状攻撃を食らったようだ。

（ヤバイ。絶頂マンコが良すぎる）

「はぁっはぁっ、飛び上がっちゃいそうらのぉっ……！　はぁぁっ、はぁぁっ、あ、あぁん!!　ふひぃぃぃぃっ」

ここまで淫乱になったねむは新鮮だった。押しつけられた巨乳は、ブニブニと震えている。髪と羽を揺らしながら、喉がちぎれそうなほどの嬌声をあげていた。

「出すぞ……！」

「ひゃいいいい！　ちょーらい！　いっぱいザーメン、出してぇええ！」

俺は腰をしならせ、ガクガクと揺らしながら、欲望を放った。

「ひゃううううううんっ！　んんんん〜〜〜〜〜！」

ねむが目を硬く瞑り、唇を引き結ぶ。膣奥に放たれた精液を堪能していた。ビクビクと膣口が押し出すように締まってくる。俺は腹を引き締めて、熱い白濁を送り込んだ。

「はぁっ！　はぁ、はぁ！　あああ〜搾りたてザーメン……ふはぁ！　奥にぃ！」

肩を振るわせながら、ねむがガクリと項垂れる。絶頂が残っており、手足が不自然に跳ねていた。

汗に濡れた身体がくっついてくる。悦に入ったねむの表情が、妙に愛しい。

「はぁ、はぁ……ねむ、ぐったりだな。俺もだけど」

「うん、二回分のザーメンが美味しくて。はぁふぅぅぅ……魔力いっぱいになってきたよ」

「……よかったな」

うっとりとしたねむを見ていると、こっちも気分がいい。ねむとの搾精生活も、随分慣れてきた。正直、楽しんでいる自分がいる。

（ねむがどれだけモテていても、セックスをしているのは俺だけだ）

そんなガラにもないことを思ったりして。よくわからない優越感がフツフツとこみ上げてくる。なんだ、俺。ヤキモチ焼いていたのか？　他の男に？

（いや、ないない。それはない……たぶん）

でもねむとこんな関係なのは、俺だけだ。それは事実だ。

「ふふ、拓夢……ありがとう」

「お、おう。べつに」

ねむが甘えるようによりかかってくる。ついニヤけそうになるが、我に返る。

「ここ、学校だったな。すぐ忘れるな」

「うふふ。もうどこでも大丈夫♪　気にならないもんねって、それがやばいんだったね」

冷静に考えれば、いつ誰が教室に入ってきてもおかしくないのに、そんなこと忘れて快楽を貪っていた。

（ま、いっか。もう少しこのままで）

ねむの汗と髪の甘い香りが鼻腔をくすぐる。小さくて柔らかな身体の感触が心地良い。

俺たちはしばらく重なったまま、まどろんでいた。

第三章 搾取される日々

期末テストが明日から始まる。俺はねむと違ってやや不安だから今夜は一夜漬けだ。

ねむに『来るなよ』と伝えてから早3時間。

「ほんとに来ないな」

いや、来るなって言ったけど。あの調子のねむなら無視して窓から来そうなのに。

「まぁいいか」

久しぶりに一人の夜だ。がんばって試験勉強をしよう。

――と、思っていたのに。10分ほどで眠気が襲ってきた。

ここのところ毎日ねむに精液を取られているせいか、異様に眠い。飯食べた後、気がつけば寝ていたなんてこともある。他になにもなくて健康といえば健康なんだけど、この生活、いつまで続くんだろう？

ねむは……可愛い。ずっと前から可愛い。ねむに摂取されるなら全然構わない……けど。

「そういえばねむの奴、まだ精液が足りているのかな……」

だめだ、まぶたが重い。

「ふぅぅぅ……ここ、ナデナデして……」

しばらく経って、女の子の声が聞こえてきた。股間の辺りに気配がある。俺の下半身は空気に晒されているのだ。それに、隆起したペニスに、何かが巻き付いたようだ。

(ねむだな。精液足りなくなったか……これは夢の中かな)

それにしても、今回はペニスだけじゃなくて、なんだかお尻の辺りもぞわぞわするぞ？

「ちっちゃい穴……うふふ、シワシワになってて可愛いな」

「⁉」

俺は、ねむにアナルを触られていた。指先がぐるぐると円を描くように穴の周囲をなぞられて思わずぞくりと身震いしてしまう。

(なっなんで、そんなところ触ってるんだ？)

指先がアナルをぐいと左右に広げてくる。やや露出した粘膜に吐息がかかった。

「わぁ、アナルってこうなってるんだ。真っ赤で可愛い。ちっちゃいつぼみみたい。ツンツン♪」

人差し指がすぼまりをつつく。俺の腕や背中は、鳥肌が立っていた。アナルで敏感に反応する自分に驚きながらも、攻められているのは、そこだけではないと知る。

「うふふ。キュッキュッって、アナルが息してる。じゃあ一緒にオチンチンも……」

肉竿に添えられた手指が蠢いて、硬くてヒモのようなものが当たっていた。それが亀頭のくびれに、ぴたりとくっつく。ゆるゆると巻き付いてきた。

「わ……ああっ」

思わず声が出た。でもまだ夢なのか現実なのかわからない。

「うふ、可愛いオチンチン。ふぅって吹くと、おしっこの穴からポロポロ涙が出てきて私の手もしっぽもベットベトになっちゃった。エッチなガマン汁止まらないね。気持ちいいんだ」

ペニスをやわやわと揉みながら、愛らしい声が響く。

「シコシコ、シコシコって。手とシッポで擦りながらぁ……うふふ……ちょっと穿《ほじ》ったアナルを……味見しちゃおう♪」

ねむが尻の穴にそろりと舌を這わせた。

「うわっ」

なんだこれ、変な感触なのに、気持ちいい。

「ぺろり……んんっ、舌にしわがひっかかる。唾をたらして……ジュプ、んんっ……ぺろぺろ……ちゅっ」

ぼんやりとした目を凝らす。視界に入ってきたのは、アナルを舐めるねむだった。濡れた舌が横に揺れたり、密着したりと多彩な動きを見せていた。

「べろべろ……チュッ、チュル……はぁぁ舐めてもキスしてもアナルきゅってしまる」

「ちょっと待てねむ、なんで俺の尻の穴を……」

「あ、拓夢。ふふ、ここ舐めたらどんなふうにオチンチンが反応するかなって思ったの。拓夢の精液がおいしすぎるんだもん。いっぱい気持ち良くしてあげるからぁ、ね？」

小首を傾《かし》げて可愛くお願いされると、ついしょうがないという気になってしまう。

ねむとの搾精生活はスリルに溢れていて、正直に言うとこっちも楽しんでいる部分もある。想像を遥かに超える場所や状況での搾精は、非常に達成感が強い。あげく、度を超した絶倫というか、連射機能まで身についていて耐性もできていた。

「わ、わかったよ」

「やった♪　ぺろぺろれろ……よかったぁ……オチンチンも悦んでいっぱい濡れちゃってるもんね。はぁぁ、ビクビクして可愛い」

ねむが愛しいものを見る目で、小首を傾げながら男根を眺める。悪魔のようなシッポが巻き付き、手指がシュッシュッと小刻みに音を立てていた。

（こんなことまでされるなんて……はぁ。フヌケになりそう）

「ちゅっちゅる、はぁぁ……ゴシゴシしながらアナルも舐められて……ホント気持ち良さそう」

ねむの舌がチロチロとアナルを舐める。尻の辺りがゾワゾワしてくすぐったい。総毛立つようだ。

濡れた舌が往復したかと思うと、尖らせて中に入ってくる。勝手に背中が伸びてしまうほど、熱い快感があった。

「この格好にするの、ぺろぺろ……大変だったけど、ちゅるっ……してよかったぁ」

アナルと手コキの快感でぼんやりしていたが、やや我に返る。言われてみて、俺はすごい格好をしていた。これは女でいうまんぐり返しだ。

脚を大きく開いて、膝の辺りが顔の近くにある。

「どうやってこの格好にしたんだよ」

「うーんと、どうしてもこうしたくて、魔力を込めながら、えいってやったの。拓夢、素直にこうしてくれたよ？」

（まるで催眠術だな。てか、魔力でそんなこともできるのか）

ねむの指先がツンツンと亀頭をつつく。お辞儀をするようにひくりと跳ねた。

（やばい。もうイキそう）

燃えるように熱い男根は、射精寸前だった。こんな格好していても、正直すぎる下半身に我ながら笑いそうになる。だが、ねむの手指とシッポのコンビネーションは、息がぴったりだった。カリ首を撫でながらも、指先が尿道口を攻める。アナルを舐めたり、穿ったりも同時進行だった。

「くっ……サキュバスはすごいな。男ひっくり返して」

「うん、だってぇ……ぺろぺろ……美味しい美味しい拓夢の精液が欲しくてしょうがないんだもの。はぁぁ……お隣の幼馴染みでよかったぁ」

（だんだん幼馴染みとか関係なくなってきてない？）

疑問に思うけど、ねむの愛撫がすごくて、考えるよりもそっちに夢中になってしまう。

「れろれろ、んん、ちゅっちゅる……はぁぁ、ベトベトのオチンチン可愛い」

両手はアナルと肉竿を愛撫しており、シッポもまたカリ首や裏筋を這い回っている。唾液や先走り液にまみれながら、熱心にしごき続けていた。

この多彩さは止まることがない。魅了される一方だ。

「シコシコって擦ってるうちに手に馴染んできたねぇ。しっぽもクリクリッて動かして」

楽しそうに男根やアナルを観察しながら、ねむが微笑んでいる。美味しそうにアナルを舐める舌が、糸を引いていた。ますます、俺の劣情が欲してくる。

柔らかな手指と濡れた舌先に擦られ、いよいよ最後へと向かっていた。

「ね、ねむ……もうっ！」

「うん。ちゅっちゅる……いいよぉ……ザーメンちょうらいぃ……べろべろ……出しやすいように舐めてぇぇ、擦ってぇぇ……」

ねむがうつろな目でチラチラと俺を見る。輪を作った手指は高速で揺れていて、アナルを穿る舌も深度をあげていた。

いよいよ俺も、ずっと堪えていたものを解き放った。熱い雄汁がビュウビュウと噴き出していく。髪の毛が逆立つような衝撃があった。

やばい。アナルとチンコ同時はやばいわ。

「んんーーーっ！　じゅるるるっ！　ふはあ！　ああんっ……そこら中に……飛び散っちゃってるぅ」

ねむが口をパクパクと開閉させるが、精液は的を外れていた。顔や手など、方々に飛び散っている。

「お口に欲しいのにぃ、んん、ぺろぺろ……元気良すぎなんだから。どこへ飛んじゃったんだろ……ちゅるるっぺろ、れろ」

飛び散った精液を、無心にねむが舐め取っていく。

「ああん、せっかく射精したのにどこへ行ったんだろう？　まぁいっか。もう一度出してもらったら」

「な、ええ？　また？」

射精の気持ち良さがまだ引いていないというのに、ねむは再び手を動かし始めた。急激にスピードを上げている。

アナルを舐める舌も同様で、こじ開けるように突いてくる。

「べろべろっ……精液全部舐めちゃったからぁ……唾いっぱい垂らしてあげりゅ。だから、私の手マンコで感じてぇ」

ねむが尻を振りながら、手指を上下させている。視界がぼやけるほど、小刻みに揺れていた。まさに手マンコというべく、指の関節が肉竿を締め上げてくる。

ヒモのようなしっぽもまた、亀頭を撫でながら鈴口をソフトに穿っていた。

（こっちが即イキしそう）

サキュバスの恐ろしさを実感しつつも、こうやって性感を高められれば、身体は順応する。ほど良く摩擦されたチンポが、バターで溶かされるように甘ったるい。背中も足腰もくだけそうだ。

「じゅぷ……唾もっとかけてあげるね。アナルにもオチンポにも……じゅるるっ、はぁぁぁ、オチンポいい匂い。ザーメンの匂いプンプンするここ舐めてると生き返る」

ねむの舌が蛇のようにチロチロと出入りする。それがアナルの中心を責めていた。

ついには力が抜けて舌先に侵入されて、ビリビリと電気が走るような愉悦があった。

「アナルきゅってなったぁ。うぅんっ……ペロペロされて穿られて感じるんだねぇ」

心の中で激しく同意してしまう。それほどまでに、ねむの舌は入念にアナルを責めていた。お世辞にもきれいと言えないところだが、まったく抵抗がないようで、ペニスもアナルも執拗に愛撫している。

「うふふ、よかった感じてくれて。手マンコも……シコシコ、シュッシュッ……ゴシゴシってやりがいあるよぉ」

ねむが目を細めながら、じっとペニスをみつめている。自分の刺激で、どう反応するかを確認しているのだろう。根元から亀頭までを、ゆるゆると揉みながら行き来し、アナルにくっつけた舌をねじるように撫でてくる。黒いしっぽはペニスの縫い目を丁寧になぞりながらも、全体に絡みついては離れていた。

これまで自分のアナルが、ここまで感じるポイントだとは夢にも思っていなかった。絶倫になったのと同様、俺の身体もまたサキュバスに開発されたに違いない。そんな不思議な力があると、実感できた。

「はぁぁ……オチンポがビクビクしてきたぁ。んん、ふぅぅぅ……脈動してるみたい」

ねむが子供のように目を輝かせながら、ペニスを擦り続けている。愛らしい顔はペニスと睾丸の真ん前にあり、楽しそうにワクワクしながら、眺めていた。

ねむにとって、男のシンボルは魅惑の塊なんだろう。

「ね、ねむ……良すぎて、もう」

「ほんと？　私の手マンコ気に入ってくれたんだね。ちゅっぺろぺろ。シコシコって頑張るね。はあぁ……オチンポが真っ赤だよぉ。青筋立っちゃって可愛い。オチンポ擦りながらアナルもいっぱい舐めて穿ってぇぇ……じゅる、んんん、ぺろぺろぺろ」

ねむの動きが激しくなる。チンポがまた膨らんだように錯覚してしまった。肉竿もアナルも同調しており、両方が愉悦を堪能している。

「あぁダメだ、出る」

「はぁはぁ……らしてぇぇ……おちんぽみるくらしてぇぇ……ぺろぺろ……私の手マンコ、しっぽマンコに欲しいぃぃぃーーっ！」

俺の限界は想像以上に早く突破した。濁流のように、子種汁が噴き出す。

「はぶぅうん！　はあっ、あむっ！　お、お口にっ……ふはっ……んーーー、ま、また入ってないぃぃぃ」

　ビュルビュルと白濁が散って行くが、どれもねむの顔や胸に付着し、口には入らなかった。放出し始める前にしゃぶればいいのだが、手コキとアナル舐めに夢中で、追いつかないのだろう。パクパクと空気を食べる姿は、愛らしくもあった。サキュバスと言えど、やはりねむはねむだ。

　ねむは仕方なく飛び散った精液をまた地道に舐め取っていく。

「ぺろぺろ、ちゅる……気持ちよかった？　アナル舐めと手マンコ」

　おずおずとたずねるねむは、あどけなさがあった。

こんなにも俺のペニスや性感帯を知り尽くして、自由自在に操っていても、不安はあるのだろう。

「ああ、よかったよ」

「うふふ、褒められた！　はぁぁ……じゅるる、ザーメン搾りは楽しいな。ぺろぺろ」

ねむがご満悦といった表情で、アナルを舐めている。手指もゆっくりと肉竿を撫でていた。とろんとした目のねむが可愛く笑う。口元には精液が残り、垂れていた。

「とってもおいしかったぁ、ごちそうさまでした。ありがとうございます♪　はー、満足♪」

ねむはそう言うと、ゴソゴソと俺のベッドに入り込んできた。

ようやく妙な格好から、開放された俺はぐったりだった。

(というか、いつの間にか夢じゃなくて現実だし)

「はぁぁぁぁ……気持ちよかったぁ」

「そしていきなり普通に戻ってるし」

「うん。魔力がいっぱいになると、なりたい自分になれるんだ。だから、今は普通の私」

角もしっぽもない。ついでになにひとつ、身に着けてもいなかった。妙に照れ臭い。そう言えば、こうして全裸のねむが隣で寝ることは珍しい。

「自分の部屋戻って勉強しろよ」

「私は平気だって。それにこうして側にいるのって、幸せじゃない？　添い寝すると温かくて」

ねむのぬくもりがあった。寄り添ってくる身体がやけに温かい。

「べつに寒くないから」

「うふふ、無理しちゃって。いいよ、私がこうしてくっついてるから」

「好きにしろよ」

そう言いながらも、すり寄ってくるねむが可愛かった。

ふわふわな髪。愛らしい目。こんなに可愛かったんだと、妙に意識してしまう。

にこにこ笑うねむが、なんとなく気恥ずかしくて、俺は目を閉じた。

◆◆

期末テストが始まった。ここからはしばらく勉強のことしか頭にない。

ほぼ暗記型の一夜漬けだけど、赤点だけは免れないと結構ヤバイと思う。休み時間は次のテストの復習だ。

それなのに。

「大丈夫だって。保健の先生、今試験官やってるんだよ。だから、誰もいないの♪」

「だからって……生徒が来るぞ」

「そのときは、そのとき？」

ねむが指で股間をなぞりながら、上目遣いで迫ってくる。いつの間に、こんなにエロくなったのだろうか？　捕まえた雄を絶対に放したくないという、強い意志が感じられた。

色っぽい目とふっくらした唇を見ていると、戸惑いが消えてしまう。

例によって例のごとく、テスト中でもお構いなしにねむは精液不足を訴えた。たまたま得意分野のテストが早く終わったので、こうして、まだみんなはテスト中だというのにねむに連れ出されて保健室に来ている。

「うん、わかってた。たぶんこうなるかなって」

「ん？　なにが？」

「いや、俺的には少しの間も勉強しないとまずいんだけど、でもねむのペースに巻き込まれるだろうなって……わっ」

ベッドまで手を引かれ、押し倒された。

ねむは覆い被さると、夢中になってキスをしてきた。柔らかい唇がぶつかり、舌が割り入ってくる。

「んんっ……ちゅっちゅっ、ちゅぷっ、んんっ……はぁ……拓夢の唾、美味しい」

頭を傾けては舌を差し込んでくる。からまる唾液がだんだん増えてきた。それをねむが吸い上げる。

よく動く舌は、俺の下顎や内側の頬にまで伸びてきた。

「はぁ……スイッチ入っちゃったよぉ。ねぇ、オチンチンちょうだい」

ねむはスルリとパンツを下げると、俺に抱きついてきた。温かい女の子の柔らかさに、頭の奥が痺れる。

テスト中に制服姿のねむと保健室で絡むという、背徳感もあった。

「はぁ……はぁ……ぐんって反り返ったオチンチン、オマンコに当たってるね」

勃起したモノが、ねむの膣口に当たっている。キスをしただけなのに、もうトロトロのマン汁があふれていた。

「濡れまくりじゃないか」

「うん。テスト始まる前から拓夢とエッチなことしたくて、考えてるとオマンコ濡れちゃって。ねぇ、ちょうだい？」

軽く肉棒を揺らしただけで、中に入ってしまいそうなほど、淫汁が垂れてくる。よっぽど、挿入されたくてしょうがなかったのだろう。テストを抜けてまで欲しがる理由が、想像できてしまった。

「どうしようかな」

ゆるゆると膣口を肉竿で撫で上げる。あったかい肉ビラの厚みが心地良い。小さな淫核

が勃起しているのが、伝わってきた。

「ああん、焦らさないでぇぇ。早くぅぅぅっ」

俺の腰にあったねむの足に力がこもる。男根を引き寄せて、早く挿入したくてしょうがないのだろう。一瞬ひるんだ隙に、俺はズブリと亀頭を差し込んでいた。

「ひゃうううううん！　んんーーーーっ、ふは、あぁ……入ってきたぁ！　ああ、オチンチンあったかいいいいい……あはぁぁぁぁ……」

半分ほど挿入したとき、ねむが腰をくねらせ、よがっていた。柔らかな膣肉が肉竿を締め上げてくる。

巾着のように締めては緩めるを繰り返していた。

（うっ……想像以上に気持ちがいい！）

極上の膣壁が絶えず刺激してくる。あおられたように、ゆるゆると下半身が動いてズジュッ、ズズーッという水音が鳴り響く。

「はぁ、はぁ……あ、ああんっ……オチンポズリズリされるとぉ、ふあぁ、お尻がゾワゾワしちゃうぅ」

「まだ、そんなに動いてないのに」

緩めに何度か挿抜させると、熱い膣穴が欲するように揺らいだ。小さなでっぱりが亀頭に当たり、奥へと引き込まれるようだ。

「はぁぁ……ほんのちょっとでもぉっ……ふは、ああんっ……気持ちいいのぉ」

ねむの色っぽい声が保健室に響く。制服のスカートがめくれて、むっちりとした太腿が震えていた。力強く突き込むと、応えるようにねむの脚が俺の胴を締めてくる。

「はぁ、はぁ、天井ぐるぐるしちゃいそううぅぅ、ふは、あああんっ……んんー、ふは、は、はうぅぅぅっ……」

唇を震わせながら、よがるねむは快感に身を任せていた。奥へと突き込むたびに声をあげている。壁ひとつ向こうは廊下で、いつ誰が通ってもおかしくないというのに。

「ねむっ、声でかい」

「う、うぅんっ、こ、これでも声ガマンしてるんだよぉ。でも、オマンコがオチンポを勝手ににぎにぎってしちゃってて、気持ちいっ……いいぃぃいん！」

ねむが顔をしかめたり、目を見開いたりしながら、声を堪えようと試みるが、あまりうまくいかない。

(イッてるな。もう何度も)

軽い律動でねむはエクスタシーを得ていた。異様に敏感でイキやすい身体だった。快感を堪えようと、力を入れたり抜いたりと、複雑な顔つきを見せている。

「あ、あぁぁ……だ、だいじょうぶぅっ……ちゃんと声、ガマンできるからっあっあぁあっ」

「そ、そうか？」

急激に速度を上げる。わななくように締まる膣穴を、奥へ奥へと突き進んだ。腰に巻き付いたねむの脚が震え出す。ぐっと締まっており、力がこもっていた。

「脚の力すごいぞ？」

「はぁっ、はぁっ、ああうっんん！　いっ、イッちゃうと力入っちゃう……みたい……あ、あぁぁん！　す、すごい、ガンガンきちゃぅ！　あぁぁぁ～～～ん！」

ねむが人形のように揺れる。表情はまるで夢見心地だ。絶頂の声をあげ、悶絶する様は見ていてテンションが上がる。

何せ、今はテスト中だ。本来、ここへ健康な生徒がいてはならない。だが、俺とねむは保健室のベッドでセックスの真っ最中だった。

「んんっはぁっ！　あ、ああんっ……！　いっぱいかき回すから、ぼんやりしちゃうのぉおっ……あん、オチンポすごいぃぃぃぃっ」

ねむが喉を見せながらよがる。巻き付いた脚は、ますます俺の身体を締め上げていた。ザーメンを搾り取ろうという執念ともっと絶頂したい、子種汁を中へ取り込みたい。そんな雌の本能が丸出しだった。

「ふは、あぁ……ああん！　ザーメン早くちょうだい！　あっつあつのミルク搾りたい」

俺はガツガツと律動しながら、まとわりつく肉壁を堪能していた。ねむの手足がますます震える。限界まで来ているのだろう。

「だ、だからって締め付け強すぎ」

「ああっはぁっんんっ……脚でぎゅっと引き寄せるとぉ、超キモチいいんらよ！　あぁぁ……すごいぃっ、奥もクリもぉっ、ふあぁぁ〜〜っ！　イッちゃううぅぅ！」

ねむが絶頂の声をあげて、背中をしならせる。膣口が吸いつくように締まり、濡れた内部はじっとりと肉竿を揉んでくるようだ。

「あ、あっあっ……はぁああああああんっ……！　はぁ、あああ、いっイッちゃったぁぁ……んん、あ……はうぅうー」

（オマンコの中、すっごいうねりっ、搾ってくるっ）

下半身が浮かび上がって、空気にさらされるような愉悦があった。ねむのいやらしい声と、絶頂した膣穴特有の揺らぎに俺もまた、最後が近づいていた。

「はぁ、はぁ、イッてぇ……お願い。もう、ザーメン欲しくてしょうがないの。オマンコに搾り立てのオチンポみるく、ドバドバらしてぇ……お願いぃっ」

惚けているねむだが、またも脚に力を込めてくる。息が止まりそうなほど、強烈なパワーがあった。これも、絶頂のせいだろう。

「んんっザーメンらしてぇ、ああ、あ、あひぃぃんん、子宮グリグリしゅっごいぃぃ」

ねむがガクガクと顎を揺らしている。連続する絶頂に、身体のあちこちが制御不能になっていた。

(マジイキすごいな)

俺は肉棒をねじ込みながら、子宮口を擦り上げ、コリコリとした弾力を弄んでいた。

ねむの絶頂も止まらず、口もまともに回っていない。

「うっほぉぉおっ……シキュウぴこってはねちゃう！　はぁああっ、オチンポ、パワー炸裂ぅうっ……ぐいぐいすごい、ああ、いぐぅぅーーーー！」

「うぅ、俺ももうっ」

「ひゃあああぁぁーー……狂っちゃいそう！　ああ、もうらめらめぇっふぁぁあ！」

ねむが甲高い声を響かせたとき、俺は堪えていた欲望をぶちまけた。もっとも深いところで、子種汁をビュッビュッと流し込む。

「はぁあああんっ！　ああふうっんんんっ！　はぁっはぁっ！　あぁ、せいえき、ら、らしてるぅぅぅ！　んんっ、ふは、あぁ……こわばっちゃうよぉ！」

微弱な電流が、下半身から背中へと流れるようだ。

甘やかな射精の快感に溜息が漏れる。真っ白だった視界が徐々に晴れるようだ。

くたりと脱力したねむが、ゼイゼイと荒い呼吸をしながら、足で背中を叩いてくる。

「ん？　なんだっ」

「はぁぁぁ……ああんっ、足が勝手にトントンしちゃう……放したくないみたい」

かかとで俺の背中を叩きながらも、内股がギリギリと押さえ込んでくる。吐き出した大量の精液を、こぼしたくないのだろう。

「脚の力すごいな」

「よくわからにゃいけどぉ、こうして脚で抱き締めると、ぴったりくっついて安心らのぉ」

「なんだそれ？」

「わからなくていいよぉ。はぁぁぁ……魔力がふわってきて……んんー、ヘロヘロになりゅぅ。あぁぁ……ギモヂいい」

ねむは微笑を浮かべながらも、ぐったりしており、絶頂に耽《ふけ》っていた。

ふぅと溜息をつく。にやけていた俺だが、少しずつ冷静さが戻っていた。そう。ここは保健室だし、ねむは制服だった。

チャイムは鳴ってなさそうだが、いつ誰が来てもおかしくない。

「はぁぁんんっ、もう魔力いっぱい元気いっぱいらよぉ。んんーー、オマンコもぉ、きゅんきゅんしちゃうなぁ」

ねむがムズムズするように、尻を振っている。大量の精液と膣肉の震えが、ペニスにまとわりついていた。

そうなると、例の如く復活してしまう。

「あぁ……うふふ。ムクムクって大きくなってきたぁ。はぁぁぁ、オチンポ可愛いよぉ」

隆起を察知したねむが、楽しそうに腰を揺らしてくる。深々と飲み込んだ肉棒をこねていた。ジュプッ、ビチャッ…という結合部分の擦れる音が辺りに響く。

「うう、ねむのマンコ、良すぎっ」

「ふは、あぁ、んーーーーっ！」

俺は再び、硬くなった男根を前後に揺らしだした。腰に巻き付いたねむの脚がやや緩む。

おかげで思い切り、奥へと突き込めた。深いストロークで膣奥をぐいぐい責める。

「んーーー！　ふはっ……あ、あ、あぁぁぁっ……ガッツンガッツンすっごい。あ、あは……とってもでっかくて……オマンコパンパンになってるぅ」

「はぁ、はぁ……もうエロい顔してるぞ」

ねむが小さくコクコクと頷く。朦朧としていた。男根を突き込むたびに、膣穴の深さが微妙に違うように思える。ねむの快感が上がっているせいだろう。

数回律動しただけで、ねむの手足がしがみついてくる。

「はうぅぅっ……ああ、いいっ、オチンポいいいぃっ……んーーーー、ふわぁぁぁ、敏感になっちゃって、もうぅ」

ねむがさっと顔を背《そむ》ける。急に脱力したようだ。ブラブラと足が揺れている。ちらりと顔を覗くと、だらけきっていた。連続する絶頂に、全身が弛緩したのだろう。

汗だくの頬は湯気が出そうなほど、出来上がっていた。

(ここまで乱れてくれると、こっちもひきずられる)

「ふはっ……あ、あぁぁぁっ！　や、やばいぃっ……しゅっごいイギやすくなってるのにぃぃぃ。あんんっズッコンズッコンきちゃってるぅ。頭真っ白ぉ」

ねむがまた、脚に力を込めてくる。だが、ぼんやりとしているため、うまく腰をはさめていない。ビクビクと内股が震えており、爪先がピンと伸びていた。

「また、イキまくって」

「ふぁ……うん、イキまくってるぅ。だ、だめぇ……キモチ良くって止まらない……ふは、あ、あ、あぁぁぁ」

喉を振り絞るような声が辺りに響く。保健室で声を我慢するはずが、今のねむにはできなくなっていた。夢でも見ているように、半目になりながら、色っぽく溜息をついている。

「はぁぁ、はぁあ、んんっ、しゅごしゅぎぃ、魔力ギンギンらよぉおっ……あ、あぁぁ……生チンポアクメェエッ……きちゃうきちゃうぅ！」

ねむはあまりの絶頂にフラフラだった。

胴にある脚が急に締め付けて、射精を促してくる。脚で俺をホールドしながら、密着する身体を震わせていた。

辺りに漂う雌の匂いが、一段と強くなる。

「はぁぁ……じゅっとぉ、オチンポはめてたいぃ……こうやって、欲しいときにミルク自動的に飲めたらにゃぁぁ……」

「自販機にするなって」

「うふふっ、私専用のザーメンミルクマシンらよねぇぇ」

ねむの膣穴がザワザワとうねってくる。亀頭から根元までを舐め尽くすようだ。これを味わうともう、俺のリミッターが壊れる。

息が止まりそうなほどの射精感に、腰が細かく揺れだした。

「ひゃあぁぁあ、あっ！　あっ！　あぁぁっ！　んんっ……またアクメェ……オチンポぎゅりゅぎゅりゅぅ……しゅるぅぅぅっ……」

「ねむ……イキそう」

「あぁんっ……イッテぇぇぇ、デロデロのあっつあっつのせぇぇぇぇきぃぃぃっ……たく

さんらしてぇぇぇ」

　ねむがずりあがり、大きな声で絶頂を訴える。淫乱じみた腰使いに、俺は最後に向かって駆け抜けた。

「ひゃあああああんっ！」

　激しい膣穴の締め付けに、俺もまた堪えていたものをまき散らした。ビュルルッ、ビュクル、ドクドク、というような卑猥な放精の音が聞こえた。

「あぁぁあ～、あああっ……！　ふわっ、はぁぁ……んんっ……しみてくるぅぅぅっ……ああん、搾り立てのザーメエエン……」

　焼け付くような愉悦が、髪の毛の先にまで広がっていく。熱い白濁が濁流のように流れ出た。ふっと気が抜けて、止まっていた呼吸が吹き出してくる。

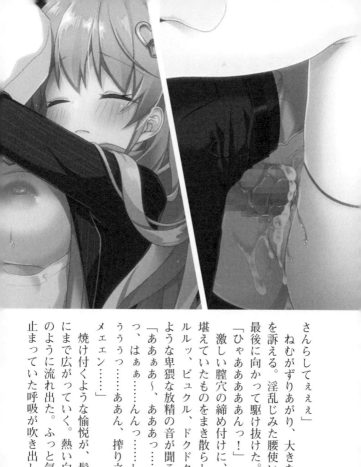

「はぁあ、はぁああ～……すっげぇ出た」

「ひゃうぅぅん、キモチいいよぉ……オチンポがびくんってなってるぅ」

胸を上下させながら、ねむが深く息をつく。うっすらと上気した頬が眩しい。ねむは濡れた唇を震わせながら、悦楽に耽っていた。

「んん、いっぱいになりすぎぃ。はぁぁぁ……溢れちゃいそうらよ、あ、あぁ……」

ねむがノロノロと身体を起こす。膝立ちしながら、ゆっくりと顔をあげた。

「うふふ……もうっ…こんなに出しちゃってぇぇぇ……」

ねむがおずおずとスカートをめくり、首を傾げる。媚びるような目で俺を見ていた。やや開いた割れ目は、俺の放った精液にまみれていた。

呼吸をするようにヒクヒクと震えている。

「ホントだ、べっとべと」

あふれた精液がズルズルと太股を伝う。粘着力があり、なかなか落ちていかない。

「はぁぁぁんん、いっぱいくれたからぁ……んーーー、まだ絶頂続いちゃってるぅ」

ねむが悩ましく甘い吐息をつく。サキュバスにしてみれば、欲してやまない精液を得て、高揚しているのだろう。

魔力が満ちて、顔つきまでも蕩けていた。

制服姿で陰唇をみせつけられた俺も、きっとだらしない顔をしているのだろう。ときどき、精液がブシュリと吹き出し、太股を伝うドロドロの線が増えている。

その様がエロくて仕方がない。

「んー、ザーメンつたっちゃうのぉ……くすぐったい。ふは、あぁぁんっ……感じちゃうよぉぉ……」

ねむが腰を揺らして悶絶する。過剰に敏感になっていた。ただ、精液が太股を通っただけで感じてしまうとは。

「ザーメン垂れると感じるのか。媚薬みたいだな」

精液で魔力を補填し、欲望も満たす。そんなサキュバスにとって精液は媚薬に等しいのかな。

「うふふ、そうかもぉ。だってぇザーメンきてもほわってするしぃ、オチンポはめてるとキモチいいし、中出しでもそうだし」

ねむが楽しそうに微笑を浮かべている。陰部を丸出しにしたまま、はしゃぐねむは卑猥だった。

あふれる白濁が止まらず、ついには膝の辺りにまで届いている。

改めて陰部をじっと見る。

「コレ、全部俺のか」

「そうだよ。こんなにたくさん、オマンコに出しちゃって。うふふ、ほんっと嬉しいなぁ

ぁ。はぁぁぁ……んんー、思い出すときゅんてなるぅ」

「思い出す？」

「今さっき、いっぱいしたことらよぉ。でなきゃこうならないもーん……脚でぎゅってして、オマタにオチンポがぴたってくっついて」

まさか俺も、ねむの脚に挟まれるとは思っていなかった。そのまま淫乱になったねむが蘇ってくる。

「子宮口、ぐいーってされてぇ……ふは、はぁ……もう気持ち良すぎて変になるの。そうなっちゃうとぉ……もう目がぐるぐる回っちゃうんらよぉ……」

ねむが倒れそうになる。思い出すうちに、興奮してしまったのだろう。溢れ出た白濁もまた、膝に向かって増えていた。

「またイキそう？」

「あんっ……ばれちゃったぁ。オチンチン入ってないのにぃ。あ、ああっ……入って、擦ってくる感じしちゃったよぉぉ……ふあぁ」

やや内股になりながら、ねむが切ない声を漏らす。ドロドロに濡れた割れ目は、また白濁が湧きだしていた。

「あ、ああんっ……あれぇぇ？　何が起きてるの？」

ねむが首を傾げながら、自分の陰部を覗き込む。重なり合った陰唇と垂れる白濁を、じっとみつめていた。

頬がだんだん赤くなる。膝もわずかに震え出した。

「あ……思った以上にエッチなオマンコになっちゃってる。トロトロって、精液止まらない。ひくって……なってるぅ」

「ねむのマンコ、めちゃくちゃエロいよ」

陰部に限らず、サキュバスはどこもかしこも、いやらしくて実に魅力的だ。この割れ目の中は、雄を虜にする膣穴があり、乳首はいつも上を向いている。

ウェストのくびれも、突き出た巨乳も、男を夢中にさせる最高のものだった。

「エロい？　エロい女の子は嫌い？」

「みんな好きだろ」

「うふふ。よかった。とってもエッチなサキュバスでぇぇぇす。ザーメンあふれるオマンコ見てくださーい」

ねむがふざけて、くすくす笑う。なんという格好とセリフ。こっちまで笑いそうになる。

だが、ねむのこういうエロいところもまた、可愛く思えた。

このままねむとこうして下らない話をして、またエッチをしたいのだが、チャイムが鳴ってしまった。

「あ、チャイム鳴ったね」

「一応、間に合ったみたいだ」

「うん……ちょっと寂しいけど」

ねむが口を尖らせて、溜息をつく。ついほだされそうになるが、テストはきちんと受けないとさすがにまずいだろう。

「またすぐに欲しくなるから、よろしくね？」

「なんとかテスト終わるまでもってくれ」

「それは無理かなぁ」

ねむが悪戯っぽく笑って、身なりを整えた。

◆◆

ようやく、一週間のテスト期間が終わった。明日から休みだ。

俺としては、ねむに搾取されながらテスト勉強をがんばったことを労《ねぎら》いたい。今までにない、頭と体力を使う日々だった。

だが、朗報があった。この一週間で、ねむが安定してきた。

ふいに角やしっぽが出るような、予期せぬ事態は起きていない。

だが、そうは言っても、魔力を安定させるためには、より精液が必要だし、一度始まればそう簡単には終わらない。

(生きてきて、ここまでハードな日々を送ったことはない。だが乗り切った!)

ごく普通に生きてきたはずの俺が、日常的にサキュバスに襲われながらのテスト期間は、最大限にスリリングだった。

「ねむ、どうだった?」

「うん。今回のテスト、わりとできた気がするよ」

「いいなぁ。ねむ、勉強できるもんね。教わればよかった」

スリリングの原因が、楽しそうにクラスメイトと話している。優等生のねむにしてみれば、期末テストは特別ではない。日々の勉強の延長というぐらいだろう。

けど、そのおかげで搾取されつつ勉強を教えてもらったんだけどな。

(サキュバスに抜かれまくって、テスト勉強もできてって、もしやいいことづくめか?)

「一緒に帰ろ?」

顔を上げるとねむがいた。

「いいけど、友達は?」

「拓夢と一緒に帰りたいの」

教室に残っていた連中が相も変わらず冷やかしてくる。もう慣れた。

俺はカバンを持ってねむと一緒に学校を出た。

「テスト終わって、よかったねー。とっても解放感♪」

ねむが軽く上半身を伸ばす。巨乳がブルンと間近で揺れた。これをしゃぶり尽くし、揉み倒したと思うと、我ながら誇らしい。

「いいのかよ。友達とどっか行くんじゃないのか？」

「スイーツ食べに行こうって言われたけど、また今度ねって、言っておいたよ」

「そっか」

「やっとテスト終わったんだもの。思いっきりしたいことしたいじゃない？」

思いっきりしたいこと……想像がついてしまった。もっともっと精液が欲しい。搾精したいという意味だろう。

「いや、テスト期間中もしてたよ？」

「そうだけど、あれでも一応は遠慮したんだよ……え、なんでびっくりしてるの？」

まったくそうは思わなかったが、ねむにしてみればという意味だろう。

(いや、うん。何も言うまい)

「ねぇ、明日から学校休みじゃない？　うちの両親も旅行に行くって言ってたから、ちょうどいいかなって」

そういや、ねむはずっと俺と一緒だった。朝から晩までというか。学校でもテスト中でもそうだったんだけど、この週末もってことか？

「お願い～、いいでしょう？」

ねむが俺の腕をつかみ、上目遣いでねだってくる。こうされると、自然と従ってしまう。

「しょうがないな」

「よかった♪ 最近ね、すっごく調子がいいんだよ？ きっと、たくさん精液もらってるからだね」

「ついに一人前になったか？」

そうなれば、慌てふためいて精液を欲しがる理由もなくなる？ というか、この搾精生活が終わる……んだよな。

「わからないよ～。なりたての頃は、制御できなくて、角でちゃったりしっぽがうまく使えなかったりしたけど、もう平気だし」

「じゃあ、自由に角、出せたりするのか？」

ねむがふるふると首を横に振る。

「ちょっとだけサキュバスに変身するのは、無理みたい。勝手にはなるんだけどね。それより、もっといっぱい欲しいなぁ」

可愛くねだられているが、欲しがっているのは精液だ。甘いお菓子や高級なプレゼントではない。

だが、断る理由はない。

(どうも最近、ねむが可愛くてしょうがないな)

「ねぇ、聞いてる?」

「あー、聞いてる。わかったわかった」

「もう、聞いてなかったくせに。適当な返事って、バレちゃってるよ?」

ツンツンとねむが、腕の辺りを突いてくる。軽いタッチではあるが、なぜか意識してしまった。

(これもサキュバスの魔法か?)

どうもねむに触られると、スイッチが入ってしまう。いやらしい目でしか見られなくなって、当然血液が1カ所に集中する。

ねむとこうなってから、俺まで敏感になっていた。

「そういやさ、一人前のサキュバスになったら、どうなるんだ?」

ねむが小首を傾げた。

「うーん、わからない。私は今のままでいたいけどサキュバスって、悪魔じゃない? 魔界へ行ったりするのかな?」

サキュバスが魔界で暮らし、夜な夜な夢に入り込んで男を襲い続ける。王道だ。

「そうか、じゃあ魔界で達者で暮らすんだぞ」

「ええー、何それ？　私が魔界に行っちゃったら、朝起きれなくなっちゃうよ？　困るでしょう？」

「それは……まぁそうだ」

「そうそう。だから、幼馴染みは大事にしないとだよ？」

生返事をしつつ、疑問が募る。ねむの一族には、過去にサキュバスがいたはずだ。一人前にもなっただろう。その人物に聞けば、この先どうなるのかもう少しわかりそうなものだが。

「ねぇ、拓夢。前に比べて、随分いっぱいくれるようになったよね。私がねだってるせい？」

「あ、ああ。それもあるけど……俺も似てきたのかな」

「え？　似てきたって……サキュバスに？　精液欲しくなっちゃうの？」

真顔で言われて、吹き出してしまう。

「そうじゃなくてさ。サキュバスって、男を惑わすって言うじゃないか。その影響だろ」

人智を超える絶倫になって、ありえない場所や想像を超える濃厚さに慣れてきていた。

むしろ、それを期待する自分もいる。

「じゃあ、私たち、相性ぴったりなんだね。いっぱい欲しがる私と、いっぱいくれちゃう拓夢……ふふ。よかったよかった」

ねむに嬉しそうにそう言われて悪い気はしなかった。むしろ、楽しんでもいる。

そういうわけで、明日からの週末が待ち遠しかった。

◆◆

朝からねむの濃厚なフェラチオで目が覚めた。

「ご飯の用意、できてるからね♪」

週末、ねむと俺は約束通り一緒に過ごしている。

ねむの両親は旅行に出ていて戻るのはまだ先だ。その間、ねむは俺の精液を摂取しつつ起こして、三度の飯の支度して、食後に精液摂取して、夜に思い切り摂取して、一緒に寝ながら摂取して、また翌日……。

「いや、すごくない？」

「なにが？」

うっかり本音が漏れてしまった。なにがすごいって、それだけ精液が出る俺もだけど、ねむとこんなにも一緒にいることだ。普通、これだけいたら飽きると思うけど、不思議なことに一向にそうはならない。

（まさか、飽きないのもサキュバスの魔力のひとつなのか？）

「変な拓夢、独り言ばっかり言ってる」

「いや……うん、まぁ接種回数が尋常じゃないなって思って……って、なんで風呂に入ってるんだ？」

「え？　さっき拓夢が食後のコーヒーこぼしたからでしょ？」

「いやそれはわかってる。なんでねむまで一緒に風呂に入ってるんだっての」

食後のコーヒーを飲んでいる最中、精液摂取回数のことを考えていたらうっかりこぼしてしまった。そのまま、ねむに促されて風呂に入っているわけだが。

「いいじゃない。一緒に入ろうよ。ふぅぅぅ、いい湯だね♪」

湯船には、ねむの巨乳がプカプカと浮かんでいた。濡れた身体というのはどうにも、色っぽい。つい目が、胸にばかりいってしまう。

「ね……背中、洗ってあげようか？」

「え、いいよ、そんな」

「いいじゃない。子供の頃、よく洗いっこしたでしょ？」

昔はそうでも今は違う。というか、成長した今、一緒に風呂に入るなんて夢にも思ってなかった。

サキュバスだとわかってから、なんだかねむは強気になってきた気がする。

半《なか》ば強引に湯船から出されて背中を流してもらう。泡だらけのスポンジが、首や背中を滑って、細い指が当たってくすぐったい。

「あ……オチンチン、おっきくなっちゃったね。洗ってあげる」

柔らかいスポンジがペニスを擦ってくる。ねむの細い指がゆるりと肉竿を掴み、静かに滑っていた。何度か擦られれば、たちまち最大にまで勃起してしまう。

「うふふ、おっきくなったぁ。熱くてかっちかちだね。はぁぁぁ……たまらないよぉ」

ねむが目をキラキラさせながら、怒張を眺める。そしてシャワーで俺の身体を流した。

「わ、もうパンパンになってる。上向いちゃって、筋張ってるね。はぁぁぁ……」

ねむの柔らかな巨乳がブニュブニュとぶつかってきた。濡れた胸の柔らかさが、あからさまに伝わってくる。硬くなった乳首の位置まで、わかってしまった。

「はぁん……おっぱいが擦れて……んん、ふは、あぁぁ」

「乳首、勃ってるぞ」

「勃起したおっきなオチンチン見たら、そうなっちゃうよぉ」

背中にしがみつくねむは、乳房を押しつけて自慰をしていた。乳首の硬さやひっかかる感じが伝わってきて、男の欲望を促してくる。

「身体、冷えちゃったね。お風呂に入ろう？」

ねむと再び湯船に浸かる。肉竿には濡れきった陰唇が当たっていた。お湯ではなく、粘っこい雌汁がくっついてくる。

「う、うん。裸でいちゃいちゃしてたからベトベトになっちゃったよ。ねぇ、オチンチン挿れてぇ」

「もう濡れてる」

ねむが腰を振りながら陰部を擦りつけてくる。フル勃起したものに、柔らかい肉ビラがぶつかっていた。今にも入り込んでしまいそうなほど、蜜汁が絡んでいる。腰の辺りが甘く痺れてたまらなくなってくる。

「挿れるよ」

ねむの腰を掴んで、的を捉える。そのままゆっくりと男根を差し込んでいく。

「んんっ！　あぁぁぁぁ…………！」

男根がヌルリとねむの膣穴に入り込む。すると早速、生き物みたいな肉壁が竿を掴んでしごいてきた。ぞくぞくとした快感が体中を駆け巡る。

「はぁ、はぁ……お風呂の中って……あぁぁ……す、すごい。普段もいいけど、これも、気持ちいいっ」

「あぁ、マンコがぎゅうぎゅういってる」

対面座位で腰を突き出していたが、湯の中はやけに自分が軽く思えた。グイグイとペニスを奥へ押し込み、膣穴をかき混ぜていく。普段よりも抑えた力で動かせた。

身体がぶつかり合って湯が溢れる。

「あ、あ……んんーー、お湯が入っちゃう。んん、ふは、ああんっ」

風呂の中で突き上げられ、快感に脱力していた。しがみつくように、俺の肩に手を回してくる。細い腰がずり上がっていた。

「はぁっはぁっ……奥にくるぅ。あ、ああっ、だ、だんだん速くなってきたぁ」

ねむの身体が上下に跳ねる。押しつけられた巨乳がブニブニと震えた。

「ねむ、めっちゃ動いてる」

「う、うんっ……オチンチンがズブズブくるから、私もお尻振っちゃうのぉ」

向かい合う格好で、ねむが腹を前に出してくる。

目の前に淫靡なねむの身体があって、明かりの下で恥ずかしげもなく尻を振って夢中になっていた。

「ひゃああ、い、一緒に動くともう……イッちゃう。う、うぅんっ……わ、私が動くから、拓夢は止まってぇぇ？」

「ああ、わかった」

まだイキたくないのか。ねむは色っぽい吐息をつきながら、ゆったりと腰をグラインドさせ始めた。

「んんっふぅぅぅ、あ、あぁんっ……オマンコの中、いっぱいまで入ってるぅ」

腰を沈めるように揺れだす。肉竿の先っぽが、奥へとひっぱられるようだ。温かい湯を浴びながら、ねむが背中をしならせて、ぐっと深いところまで飲み込んでくる。

「あ、あ、ああっ……全部、奥に、コツコツあたるぅ……」

背中を丸めながら、尻で円を描いていた。バシャバシャと大きな水音が響く。ねむはうつろな目をしながら、ゆったりと腰を回し、愉悦を貪る。

敏感なもっとも深いところを、集中的に自分で狙い撃ちする。

「はぁっ、はぁああ～、オチンポが子宮をノックしてるのぉ、気持ちいい」

ねむが唇を震わせながら、切なくあえぐ。不安定に首を傾げながら、だらりと舌を見せた。いよいよ、絶頂しようとしているのが、見てとれる。

「ねむ、奥はすぐイクもんな」

「う、うんっ、しょうらのっ……はぁっはぁっ、い、イクイクゥ……あ、ああーーーー！」

ねむの絶頂の声が風呂場中に響く。俺にしがみつく手も震えて絶頂が止まらないようだ。湯と雌汁で濡れきった肉壷は、射精させたくてしょうがないとでも言うように収縮している。

「あ、あああぁ～～、だ、だめぇ……ふは、ああんっ……絶頂オマンコのまんまぁ。ふはああ、ああ、あ、あああっ……」

ねむの動きが激しくなる。腰を前後左右へと、めちゃくちゃに揺らしていた。絶頂したため、制御が利かなくなったのだろう。腰を振りながら叫ぶ様は、淫乱そのものだった。

「はぁああんっ……しゅっごいぃぃ……はうぅぅっ、ふは、もうだめぇっ」

　ねむが項垂れながら、両肩をこわばらせている。連続的な絶頂が走っているのだろう。

　手指は白くなるほど緊張し、呼吸が荒くなっていた。

「はぁっはぁっ、んんーっ！　もうだめっ……息止まっちゃうっ……イッてぇぇぇ！」

　頭をブルブルと犬のように振りながら、ねむが嬌声をあげる。オマンコはイキッぱなしなので、小刻みに振動を与えながら竿を擦っていた。

「あ、ああ、俺もイク……！」

　射精に向けて、腰を前後に揺らす。細い身体を押さえ込み、情熱的に突き込んだ。

　ねむの身体がボールのように跳ねる。細かいでっぱりのひしめく膣壁が、やさしく肉竿をくるんでいた。

「んあああぁぁぁぁ〜〜〜！！」

堪えていた劣情を放出する。白濁が断続的に子宮へと流れていった。快感で首の辺りに鳥肌が立って身体が宙に浮かぶようだ。

「はぁっ、あああん！　あ、アクメのせいで、頭の中っ……はぁぁ……ぐちゃぐちゃらよぉおっ……！」

　ねむの手足が、ビクンビクンと不規則に跳ねる。同時に膣穴もまたうねっており、白濁を残らず吸い取ろうとしていた。

「んっ、ふは、はぁあ、あん……せーーえきぃ……お風呂にとけちゃう……あ、ああああぁぁ……」

　確かに逆流してきた白濁が、湯に溶けて消えていた。未練がましく手を伸ばすが、届かない。

「んっ……もったいないけどぉ取り込めたよぉ。はぁ。身体の奥でドバァァッて広がってきたぁ。ああんっ……生き返るぅ」

　トロンとした目と、緩んだ口元がいやらしくて、つい見入ってしまう。

　ねむは少しずつ落ち着いてきたのか、ひとつ深呼吸をすると、くたっと脱力した。

「魔力溜まったか？」

「うん、とっても。お風呂の中って、お湯が入っちゃったり声が響いたりして、エッチすぎるよ」

ねむが照れ臭そうに首を傾げた。確かにここでの対面座位は衝撃的だった。

湯の音も押しつけてくる巨乳も、新鮮に映った。特に声は、普段の倍以上のボリューム
に聞こえる。

風呂場での搾取、ありだな。

「のぼせそうだけど」

「あはは、私もそれちょっと思った」

ねむと見つめ合う。まだまだ足りないといった感じで、ねむの瞳は期待で輝いていた。

「今度はこっちでしようか」

俺はねむの手を取って、風呂から上がった。


ねむの家の居間で続きをする。外が見える大きな窓ガラスにねむの身体を押しつけた。

「きゃっ……！　あ、あんっ…おっぱいがガラスでブニュブニュしちゃう」

サキュバス姿になったねむのパンツを下ろして、取り出した自分の愚息を押し当てる。

ねむが尻を悩ましく揺らしている。俺はそれをぐっと押さえ込んだ。

ほっそりとしたウェストが震えている。

「あ、ああっ……ぶつかってるぅ。硬いオチンチンがぁ……んんっ、ふは、ああ……」

「マンコがベトベトだ。いっつもそうだな」

ネチネチと肉棒を押し当て、秘裂を押し広げる。真っ赤な肉ビラがめくれて、紅鮭色の膣内が見えた。

「あ、あぁぁ、ほ、欲しいっ……ああっ……はぁぁぁっ、お願いちょうだいぃぃ」

「挿れて欲しいのか？」

「は、はいぃっ、でっかくてカチカチの……すっごいオチンチン……ヌレヌレマンコにくらさいぃぃっ……！」

ねむが急に敬語で尻を突き出していた。なかなかの展開に、俺の肉棒も熱く濡れていた。

「わかった」

止めどなく愛液が垂れる蜜壺へ狙いを定めて、一気に貫いた。

「んあぁぁぁぁっ……！　あ、あ、中にぃ入ってきたぁぁ！　あ、あぁ……！　ヌプヌプって……はうぅぅぅっ……！」

ゆっくりと腰を引いては、突き込んでいく。ねむの膣穴は想像以上に濡れており、肉竿をやわやわと握ってくる。突き上げると、細い腰をしならせ、前のめりになってガラスにしなだれかかった。

真っ白い大きな尻が反動で震える。

「んーーーっ！　あ、あぁ……ふあ！　ああんっ……うしろっ、いいっ！　さっきと違う

うぅぅっ……」

窓ガラスに押しつけられながら、ねむが律動に合わせて腰を反らす。膣穴が風呂場で向かい合ったときから、また狭くなったように思えた。

（バックだときつく感じるな。でもそれがまた気持ちいい）

ぎちぎちになっている肉壁は絶妙な感触でペニスにくっついてきては、切なげに締め付けてくる。まるで処女穴のような初々《ういうい》しい狭さだ。

熱くたっぷりと濡れているけれど、そのギャップもいい。

「ふは、はぁっはぁっ……んんっ！　ガラスに、エッチな私が……映っちゃってるぅ」

「ああ、映ってるよ。エロい顔だ」

感じたときの蕩けた目や、緩んだ口元が映り込んでいた。男根が奥へスライドすると、眉間にシワを寄せたり、唇を引き締めたりと、色んな表情になる。

それらはいつまでも見ていられるほど、豊かで雄の本能をあおった。

「あっあっ、はぁっ！　お、奥に響くのぉ！　はぁ、はぁ、ああん、いいっ！」

身体をゆっくり引いて、力任せに奥へと肉棒をねじ込んでいく。膣壁のでっぱりに当たる瞬間、快感が走った。

バックでの挿入であっても、ねむの膣穴は俺のペニスの形にぴったりだった。

「バックだと、すっごい振動がくる……あ、あぁ……子宮にズシンズシンって、潰れちゃいそう」

だんだんとねむの身体は、愉悦を覚えていた。腰をひねり、アナルをひくつかせたりとせわしなく反応している。背中から尻にかけてのラインが、うねって変化する様はまさに雌のケダモノだった。

「はぁあっ、気持ちいいぃぃ……んんっ、お尻浮いちゃうぅぅぅ」

鋭い突き上げに切り替えると、粘膜の擦れ合う音が響いた。

もう絶頂が近いのだろう。ねむは頭を揺らし、ガラスに張り付きそうになりながら喘いでいる。

「おっぱいもぉ……ぐいぐいくるたびに、乳首がめりこんじゃうぅ……！」

ガラス窓に強く押しつけられて、乳首が擦れたのだろう。

構わず男根を素早く律動し続ける。きっと反対側の窓から、ねむの広がった巨乳が見えるに違いない。

チラリと窓の向こうを見たときだった。庭の向こうを誰かが歩いてくるのが見えた。

ただの通行人だろうけど、ねむの声に気づいてこちらを見るかも知れない。

「人が通ってくるな」

「え、えぇぇ……!?　あ、あぁ……ひ、ひんっ！　らめらめぇぇぇ……エッチしてるところ見られちゃうぅっ」

「サキュバスがセックスの真っ最中だもんな……」

もし見たらその人は仰天するに違いない。何せ今のねむは、羽を広げて巨乳をガラスに押しつけているのだから。

「んっふは、あぁぁぁ……と、通る人って……近所の人ばっかりぃぃ。あ、あぁ……ど、どうしよう、見られちゃうぅ」

今のねむは巨乳を振り乱し、陰部にペニスを挿入している。この距離ならば何をしているかわかってしまうだろう。

だがねむは声では嫌がりながら、決してこの場から逃げようとはしない。それどころかさっきよりもますますオマンコはペニスを強く掴んでいて、腰まで振っている。

見られるかも知れないスリルがさらなる快感になったのか。

「はぁ、はぁ、あぁぁぁ……見られちゃったら私がサキュバスだってバレちゃう……それに、こんなことしているなんて……あ、ああんっ、恥ずかしい」

「そうだな、親の留守中に家の中で男とこんなことしているなんて、近所の人に知られたら困るな」

「そ、そうらよぉ、らめ……ああ、中でオチンチン、おっきくなったぁあ！　はあああんっきっ気持ちいいよぉ！」

ねむの腰がはしたないほど前後に動く。ねっとりと濡れた雌穴が、きゅうきゅうと吸いついてくる。絶頂特有の動きだった。

「大きな声出すと、気づかれるぞ？」

「そっそんなこと言ったって……！　ああぁ、いいぃのぉ！　オチンポ、中で、ぐりぐりして、奥まで届いて、ああああっも、もう、見られてもいい！」

舌がだらりと垂れてしまい、快感でヒザが震えていた。淫部からマン汁がポタポタと垂れる。

健気に耐えるねむを見ると、ますます感じさせたくて、律動が激しくなってしまう。

「はぁあんっ！　も、もうらめぇ！　イクゥゥゥ……イッちゃうのぉっ！　あっあっあひぃいいいいぃ……！」

身体が大きく震えて、背中が綺麗にしなった。ねむは絶頂していた。顎をあげてイキ顔をガラスに映す。パクパクと口を開閉し、唾液が首を伝っていた。

(ほんっと可愛いよ。ねむ)

俺はめちゃくちゃに膣穴をかき混ぜ続けた。ちらりと繋がっている肉壷を見ると、トロトロになったペニスをがっぷり咥え込んでいる。その直上にあるアナルもまた、膣穴と同じようにヒクヒクと収縮していた。

「はぁああぁっ、はぁっああ、んんっ！　はぁ、はぁ、クラクラしちゃうよぉ、すっごい絶頂きたあぁ……」

「ああ、マンコがすっごい締まる……出すぞっ」

「はぁあああん！　イッてぇ！　ザーメンいっぱい欲しいのぉ！　オマンコの中にいっぱい出してぇ！」

ねむが泣いているような嬌声をあげた。

その瞬間、俺は歯を食い縛って堪えていた欲望を一気に解き放った。ビュルッ、ビュクン、ビュルルルルッという放精の音が脳内に響いてくる。

「ふはぁあああん、きたぁ！　あふっ、ひあっ……！　あぁぁ……セーエキ、すごいいっぱいぃぃい、ドバドバァ……はぁあぁ……！」

ねむは深く息をつきながら、心から快感を味わっていた。

やがて射精が終わると、ねむの足下がぐらついた。慌てて身体を支える。

「ふは、あぁ……あんんっ、ありがとう。ふぅうう……もうヨロヨロらよぉっ」

「俺も腰が外れそうだ」

「ふふ、びゅびゅってたくさんオチンポミルク出してくれて……嬉しい」

そこまで言ってねむがハタと我に返った顔をした。

「さ、さっきの人は？　私、見られてた？」

「あー、いや実を言うと、人は通ったけどこっちにぜんっぜん気づかないまま通りすぎていった」

ねむが大きく目を見開いて、がっくりと項垂《うなだ》れた。

「なにそれ～」

「まぁ気づかれなくて良かったじゃないか」

「そうだけど～」

顔を赤くして、よくわからないが拗《す》ねている。恥ずかしいけど、見て欲しかったみたいだ。今度は見られていなくても『見られてるぞ』とか言ってみようか。

「はぁ……ねえ、拓夢」

ねむがトロンとした目つきになって俺にしがみついてきた。こういうときは続きをして欲しいのだ。

「まだする？」

「うん、また後ろから、オマンコぐちゅぐちゅってしてぇ」

おねだりしてくるねむが、どうしようもなく可愛い。

（サキュバスだからか。それとも……）

これがサキュバスの魔力だとしても、なんだかもう俺の中ではどうでも良くなっていた。

サキュバスでも、ねむはねむだ。

そのねむを俺は、どうやら好きになってしまったようだ。

好意がなかったわけではない。たぶん、幼馴染み故《ゆえ》に互いの存在や近い距離が当たり前になっていて、はっきりとした恋愛感情が起きなかったのだ。

（でも今は違う）

いろんなねむの内面を垣間見《かいまみ》られて、普段のねむも淫靡なねむも、どちらにも好意を寄せて受け入れている自分がいる。このまま精液を搾取され続ける人生というのも、いいかもしれないとまで思っている。

（……ねむは、どうだろう？）

あくまで、俺は一人前のサキュバスになるための相手なのか、それとも……？

第四章 バレた！

「んーーー、ちゅっ、ちゅる、んぐ……起きて？」

まだ眠いけど、ねむの声がする。淫夢かな、それとも現実か？

甘ったるい吐息が顔に掛かっている。チュッという小さな水音とともに、俺の頬や唇が柔らかいものに触れた。

それと、ズボンの前の辺りを、小さな手がまさぐっている。

「んん……ねむ？　なにやって……」

「ふふふ、キスしながらここ弄《いじ》ってたら、おっきくなったぁ。入れちゃうよ？」

ようやく重い瞼が開く。ソファで眠る俺に、ねむが跨がっていた。頬や唇にキスをしていたらしい。

「キスしてたのか？」

「うん、すごく可愛い顔でうたた寝してたから、つい。あ、いつものオチンチン舐めのほうがよかった？」

ねむの頭を優しく撫でる。

「いや、キスもいいよ」

「んふ〜♪」

休日最終日。俺はまだねむの家にいて、一緒に過ごしていた。昼食後、寝不足がたたったのか睡魔に襲われてソファでうたた寝をしていたのだ。

「まだ眠い？　ソファじゃなくて私の部屋で寝る？」

「いや……精液、欲しくなったんだろ？」

ねむが照れながら笑う。

「どうしようかなって思ったんだけど……せっかくの二人だけの週末だから、いっぱいエッチなことしたいなって」

サキュバスの欲望はどこまでも尽きない。それに応じられる自分に驚きつつ、俺は上体を起こした。

ねむとキスを交わす。

「んんっちゅっ、ちゅぷ、ちゅっ……はぁぁ……唾おいしい。ぽーってなるぅ」

俺にまたがるねむは、夢中になってキスをしてきた。

柔らかく濡れた唇が、ふわりと合わさってくる。ねむの体温が近くて、吐息が顔をかすめた。いつの間にか取り出した男根は、硬くそそり立ち、先走り液が垂れている。

怒張した肉茎の辺りに、ぐっしょり濡れた陰唇の感触があった。ねむが動くたびに、より開いて密着してくる。熱い粘膜は、ついさっきの白濁を漏らしていた。

「ちゅぷ、ちゅっ……ん、あそこもキュンキュンなのぉ」

「もう魔力溜まってるだろう？」

「うん、羽がピンって張りそうなぐらい元気だよ。はぁぁ……」

ねむが顎を揺らし、貪るようにキスをする。サキュバスの色情魔らしさが露骨だった。

舌先の細やかな動きや、ブルブルとぶつかる巨乳に理性が溶けていく。ねむの腹の辺りに、愚息がぶつかっていた。今にも雌が欲しくて高熱を発している。

「ねぇ、オマンコに入れてもいい？　オチンチンすっごく熱くてぇ……はぁぁ。おいしそうだからぁ」

「しょうがないな」

ねむは心の底から嬉しそうに笑むと、早速濡れそぼる秘部へ肉竿を埋めた。柔らかさと自在に蠢く肉壁があっという間にペニスを包み込んで放さない。

「う、うぅうっ、はぁあっあ、あぁぁぁ…は、入ってくるぅぅぅ……！」

ねむが腹を突き出すように律動を始める。根元まで埋まった男根は、先っぽがひっぱられるようだった。

「んーーー、あ、あぁん！　この感じぃ……はぁ、はぁ……ゆっくりしないとまた即イキしちゃうぅ！」

「好きにイッていいのに」

「はぁっはぁっ、ふぅぅぅっ……す、好きにするっていうか、なっちゃうんだけどね……ああ、はぁ、はぁ」

　唾液を舐めて飲み込みながら、エロティックに揺れている。

「ちゅっ、ちゅぷっ、んんっ……対面座位って……いいね。好きなときにキスできる……」

　ねむが微笑を浮かべながら、唇を重ねてくる。突き上げるはずみで、キスがずれてしまうが、ねむは気にせず、跳ねていた。

「ねむ、跳ねすぎ」

「ちゅ、ん、だっていっぱい跳ねるとっ……ひゃああ、あ、あっ……ザリザリっておちんぽに削られるみたいで気持ちいい！」

　悩ましい声をあげながら、悶絶する。俺にぶつかる巨乳もまた、ボールのように跳ねていた。胸が互い違いに揺れており、視界がぼやけても、エロい様子がはっきりわかる。

「チンポもってかれる」

「ふあ、あぁぁ……あ、あんっ！　ぴったり子宮口にくっついてるぅ」

　ねむの激しい律動に翻弄されつつあった。サキュバスとしての貪欲さが全開になっている。膣穴にひしめきあうでっぱりに、カリ首がひっかかる瞬間が気持ち良くて、意識が遠のきそうになる。

「はぁぁ、はぁぁぁんーーー！　グリグリくるぅぅっ……あ、あんっ！」

　ねむがビクビクと震えながら腰を落とす。ふぅと息をつくと、だんだんと速度を落としていた。素早かった律動が、深くゆっくりに変わっている。

「はぁ、はぁ、オチンポもってかないようにぃ……あまり跳ねないようにっ」

「無理に抑えなくてもいいよ？」

「う、うん……オチンチン乱暴にしすぎたから……はぁ、はぁ……優しくしてあげるのぉ。ちゅっ、ちゅぅ」

　男根を深く咥え込んだまま、甘えるようにキスをしてきた。

「んんっ、はぁ、はぁ……ふは！　ああんっ……緩くしたのに、クリにきちゃうぅ」

密着度が高いために、膣奥とクリトリスの両方に快感がくるのだろう。それらを堪えつつも、ゆっくりめに腰を振る姿は、妙に可愛かった。

俺のほうはというと、ゆっくり動かれて焦れったいような甘い痺れがペニスを襲っていた。このままもいいけど、ねむの中を思い切りかき混ぜてイかせたい。

俺は下から衝《つ》き上《あ》げるようにして、ガツガツと子宮口目指して突き込んだ。濡れた膣穴がまとりわりつくようにうねってくる。ねむが動かなくても、極上の女性器は男根を弄び、舐め尽くすようだった。

「んんっ！　ちゅぷっちゅる……！　んんはぁっ、あぁぁあんっ！」

ねむの唇が暴走する。俺の舌を吸い上げ、唾液を混ぜるように舌を突っ込んできた。しっかり抱き合っているため、どれだけ強く突き上げても身体が密着している。

「んんっ！　あぁぁ、らめ、らめぇ！　イクのぉ！　オマンコ、気持ちいいの！　クリも擦れてぇ！　はあぁん！」

細身の身体を抱きしめながら、跳び上がるように律動を繰り返す。ねむは俺に合わせて尻を振り、膣奥とクリトリスの両方を擦りつけて絶頂していた。身体をくねらせて離れたときも、不安定に首を傾けてはキスをしようと近づいてくる。

「絶頂マンコになってるし」

「ふは、あぁっ！　……んんんちゅる、じゅるるっ！　ふはっ！　そうなのっ、オマンコがすっごいの！　オマンコもクリもチューもぉぉ……最高っ！」

素直に絶頂を認めたねむは、キスを重ねながらも、俺に突かれて跳ねていた。汗にまみれた柔らかい身体は、ぐっと縮まったかと思うとだらりと脱力する。

一度、絶頂を認めたらもう歯止めが利かない。アクティブに腰を揺らして、膣穴の感じるところを全部擦り上げる。

どこまでも雄を求めて、精液を取り込みたい、魔力を溜めて、さらに雄汁を求めてそれを……無限に繰り返すのだ。

「じゅぷ、じゅるっ……んんーー、唾とオチンポがんがんきて、強烈ぅっ…ふは、あ、あ、ああ……はうぅぅぅぅ～～～～」

ねむが髪を空中に散らしながら、絶頂の声をあげる。手指が震えて、愉悦が全身に行き渡ったようだ。柔らかな尻がズンと打ち付けるたびに、重量感が増しており、肉穴を削ぐような快感が走る。

（すごいな。サキュバスって）

改めてサキュバスの業の深さを知ってしまった。下手をしたら、俺も精力を吸い尽くされて、干からびていたかもしれない。そういう意味では、ねむが一人前ではなくてよかった。だいぶ完成が近い予感はするけど……。

魔力が充実したねむは、男の精への執念があった。

（だが俺も負けてない）

ねむの律動をあおるように、細かく鋭く突き上げる。俺が腰を速くすればねむも真似をし、スローにすれば同じように緩めてくる。

「んんっ！　一緒にっ……！　ふは、ああ、あ、あふっ…んん、はうぅぅーー……」

ねむが快感のあまり、背中をのけぞらせる。俺は倒れそうな身体をしっかり抱き留めた。ねむは指先にまで届くエクスタシーを味わっている。

「はぁ、はぁっ！　や……きしゅ、できらいぃっ、んん、はぷ、んぷっちゅぷっ！」

連続する絶頂に、キスもできないほどガクガクと震えていた。抱きつくねむを押さえ込みながら、俺もまたラストパートをかける。

「ひゃあああん！　あ、ああぁっ！　また、イク……イクぅ！」

「ねむ、俺ももう」

「ひゃあい！　いっ一緒にイクのぉ！　イクイクイク……イッ……くぅううんん！」

全力で身体を揺らし続けた俺は、ついに煮えたぎるように熱い白濁をまき散らした。雄汁が濁流のようにねむの子宮へと流れ込んでいく。

一瞬で宙に浮かび上がったような、射精の快感があった。

「あぁあああああ〜……！　はぁっ！　はぁ、はぁ！　んんっ……あ、ああはぁぁっ」

壊れた人形のように震えていたねむが、べったりと抱きついてくる。そして、口内のあらゆるところを舐めるように、舌でかき混ぜてきた。

まるで肉食動物に捕食された気分だ。

「ちゅっ、ちゅっ！　はぁぁあ～……オマンコでザーメン飲んで、キスで唾飲んで……んんーー、このコンボ鳥肌立っちゃう」

ねむは両方から同時に魔力を補給していた。サキュバスの貪欲さは限界がない。どこまでも魔力を補給し続けて、煩悩を満たしていく。この無限ループが続くのだろう。

よっぽど、中出しと唾液のコンボが気に入ったのだろう。小さな舌がよく動いて、下顎の辺りまでなぞってくる。

「じゅるっ……はぁ～……これしゅきぃ……もう一回してぇ」

「ああいいよ。しかし、やりまくりの週末だな」

「んふ♪　うん！」

フニャフニャとまともにしゃべれないねむが、どうにも可愛くて、股間もまた膨張し始める。まるで寝起きのように、熱く硬くなった肉棒が我ながら誇らしかった。

「あぁ、オチンチンがまたプクーッてなったぁ。うふふ、やったやったぁ……じゃあ……」

またも、ねむが尻を揺らそうとしたときだった。居間のベランダの向こう、見慣れた車がねむの家の駐車場に入ってくるのが見えた。

（あれ、まさか？）

ぼんやりする目を擦り、見返すと……知っている車だ。ねむの親が乗っている白いセダン。俺は慌てて動きを止めた。

「ねむん家の車だ、帰ってきたんじゃないか？」

「えぇ？　うちの車のわけないよ。だってまだ旅行に行ってるんだよぉ？　それよりぃもっとキスぅ、ちゅ、ちゅぷっ」

ねむがキスをねだってきて、視界の邪魔をする。だが、やはり車はこの家の駐車場へと入ってきた。間違いない。ねむの両親が帰ってきたんだ。

「ねむやばいって、ホントに車戻ってるからっ！　オヤジさんとオフクロさん、こっちくるぞ！」

「え、え？」

ねむもさすがに顔を上げて窓の外を凝視。慌てて俺から飛び退いた。

「うそ、うそ？　もう帰ってきたの？　早いよぉ」

散らばった服を探して着替えるが、汗だくだから着づらい。何もなかったように見せられる気がしない。時間がなさすぎた。そんな大慌ての中、ねむはまだサキュバスのままだ。

「ねむっ！　元に戻るんだって！」

「え？　元にって……ああ、そっか。サキュバスのままだった」

ねむが目を閉じて、ふぅと息をつく。魔力は十分あるはず。多すぎるぐらいに、補填したのだから。

「う～……あれぇ？　エッチな気分が残っちゃって集中できないよ？」

「うそでしょっ？」

オロオロしていたそのときだった。家の玄関が開いて、ねむのオフクロさんの声が聞こえてきた。

「ただいまー。向こうの天気が悪くてね、早めに帰ってきちゃ……」

リビングの戸を開けたオフクロさんが硬直する。

サキュバスの姿をしたねむと、ズボンを穿きかけている俺。どう見てもエッチしていた最中、もしくは終わった直後だ。

オフクロさんが白目になった。

「な、ななっなにやっているの、二人とも!?」

◆◆

ねむのオフクロさんの前で、俺たちは小さくなるしかなかった。

ちなみにオヤジさんは、玄関に入ってきたところ、オフクロさんがいきなり買い物を頼んだから、家には三人だけだ。

「黙っていてごめんなさい」

「あれほど言ったじゃない？　サキュバスになったら、すぐにママに言いなさいって」

「だ、だって、恥ずかしくて」

「それで拓夢くんに頼んだのね？」

ねむが申し訳なさそうに俺を見る。なんと答えていいのか浮かばなくて、頷くだけだ。

「いいわ。それより、ねむ。元に戻れないところを見ると、まだ、一人前になってないようね」

「うん、自由自在ってわけにはいかなくて。でも、前みたいに角やしっぽが出ちゃうことはなくなったんだよ？　ね？」

「あ……ええっと、はい」

それもごく最近だけど。

「それで、いつから？　サキュバスになってどのくらい？」

ねむがポツポツと、今に至るまでを話し出して、オフクロさんは神妙な顔つきで聞き入っていた。心配が尽きないのだろう。

自分が通らなかった道を行く娘への、優しさが感じられた。

ひと通り話を聞き終えると、オフクロさんは溜息をついた。

「ねむ、よく聞きなさい。次の満月までにサキュバスとして一人前にならないと、魔界に連れて行かれてしまうわ」

俺とねむは固まった。

「ま、魔界⁉ ま、待って待って。なんで私、魔界に連れて行かれるの？ っていうか、誰に？ 私、普通の女の子だよ？ それがどうして？」

ずっと一人前のサキュバスにならなかったらどうなるのか疑問だったけど、魔界？ そこに、連れて行かれてしまう？ どういうことだ？

「このまま一人前にならなかったら、あなたはサキュバスの能力をコントロールできなくて暴走してしまうかもしれないの。だから、魔界へ行って一人前のサキュバスになるために修行をするのよ。私のママ……お祖母さんならそれができる、サキュバスだからね。いいこと？ 今すぐ行ったっていいのよ？ 戻ってこられるかはわからないけど」

畳みかけるような話の数々に、ねむも俺も絶句する。このままだと、ねむは暴走……。

(そんなに大袈裟な話とは。いやでも、サキュバスは淫魔だし、それが暴走するとなると、これまでと……普通の人間としてこれまでと同じ生活を送るのは難しくなるのか？)

「ねむ、どうするの？」

「そ、そんなこと急に言われても……魔界に行って修行？ じゃ、拓夢は？ 会えなくなっちゃうの？ 学校は？」

ねむが泣きそうな顔で俺を見た。確かに、このまま今すぐ魔界へ行ったら、どうなるんだ？　俺とはもう会えなくなるのか？　会えたとしても、いつだ？　いつになる？

「修行がスムーズにいって一人前になれたらすぐに戻ってこられるわ。でもそうじゃなかったら、何日……ううん、何年かかるかわからない」

「そんな!?」

「仕方ないでしょう？　サキュバスに目覚めてしまった者の運命よ。私だってねむを魔界へなんか行かせたくない。でもこのままじゃ……」

オフクロさんの言葉が詰まる。ねむも俯いて、どうすればいいのかわからない様子だ。

俺は……どうすればいい？　このままねむを魔界へ行かせていいのか？　一人前になったら帰っておいでって、背中を押せばいいのか？　ねむがいなくなれば、俺は精液を提供しなくてすむ。穏やかな日常が戻ってくる。ねむは、もしかすると一人前になったら他の男の元へ行くことだってあるかもしれない。

いや、そうだろう。精液がもらえれば、俺以外の男でもいいのだから。

魔界での修行も、監視付きでいろんな男の夢枕に立って、淫夢を見せて精液を搾取する、そんな内容かも知れない。

そうなったら、俺は……。

（ねむを手放したくない。他の男の元へなんて冗談じゃない。サキュバスでもなんでも、俺はねむのことが……）

「あの！」

大きな声が出てしまった。ねむとオフクロさんが顔を上げる。俺は決意を胸に立ち上がった。

「俺が、これからもこいつに付き合います！　責任を持って一人前のサキュバスになれるよう、俺ががんばるから、だ、だから魔界には連れて行かないでください！」

俺はねむのことが好きなんだ。幼馴染みを通り越して、今はちゃんと恋愛感情がある。

「拓夢……でも、そんなこと……」

「精液なんていくらでも俺から摂取すればいい。むしろ俺以外の男の元へなんか行くな。魔界も……俺で修行すればいい」

「拓夢……！」

ねむが俺の足にしがみついた。その頭をなでなでする。

（言った……言ったぞ。後悔はない）

「そう、わかったわ」

オフクロさんがウンウンと頷く。表情は、よくわからない。俺じゃだめなのか？　やっぱり魔界に行かないと……。

「拓夢くんなら任せられるわ」

「えっ」

「えってねむ、あなたずっと拓夢くんのことが好き……」

「わーわー！　いっ言わないでママ！」

「ねむ、そうだったのか？　ずっと俺のことを？」

ねむは顔を真っ赤にして俺を見つめた。

「ん……うん、サキュバスになる前からだよ？　ずっとね。だからいろんな人から告白されても全然興味なくて」

そうだったのか、俺はてっきり幼馴染みとしてしか見ていないのかと思っていた。サキュバスになっても体《てい》のいい供給源だと……まぁそれを言ったら俺もなんだけど、好意はあったからな……。

「うんうん、相思相愛なら、これから起こることもきっと乗り越えていけるんじゃないかしらね」

俺とねむは同時にオフクロさんを見た。

「これから起こること？」

「一人前のサキュバスになるまでの修行と、なってからのことよ。大変だったのよ、お祖母さんも、精液取りすぎておじいさんを死なせないか心配だったって、ずっと言ってたから。ねむもわかってるでしょう？　これまでは加減してたのよね？」

「えっ⁉」

ねむは「うん、実は……」とおずおずと頷いた。

うそ、あれで加減していたのか？　かなり頻繁に、なんなら時間が許す限り繋がって摂取していたけど？

俺はてっきり、これまでがマックスだと思い込んで、応じたり責めたり、まあまあ楽しんでいた……けど？

「あんまり精力吸うと干からびちゃうかなって。だから……一応は……遠慮してたよ？」

「そ、そうだったのか」

言葉をなくす。じゃ遠慮なく精液を吸われた日にゃ、軽く三途の川が見えるのか。

「修行中はもちろん、一人前になったらコントロールはできるけど、今まで以上に精液を吸わないといけないし……これから拓夢くんには、精の付く物をたっくさん食べてもらわないとね」

「うん！　私、がんばって料理作るよ。だから拓夢も……お願いします！」

「お願いします」

親子揃って頭を下げられた。これは、今更無理とは言えない。いや、言う気はないけど、遠慮しないねむがどう迫ってくるのか想像できないから、ちょっと怖い。

（でももう後戻りはできないな。俺はいろんな意味でねむの責任を取ると決めたんだ）

「こちらこそ、よろしくお願いします！」

——そんなわけで、満月まであと一週間。俺とねむは今できる限りがんばってみることにした。

◆◆

「もう遠慮しないからね。いっぱいいっぱい精液もらって一人前になるよ。拓夢と一緒なら大丈夫♪」

「だな」

オフクロさんにバレたときはどうなるかと思ったが、ようやくサキュバスとしての出口が見えた。

満月までに一人前になる。そのためにねむがたくさん搾精する。単純ではあった……が、問題は俺がもつかどうかだな。本当に精の付く物をたくさん食べよう。

「ちょっと違うことしてみない？」

そう言ってねむが恥ずかしそうに提案したのは、アナルセックスだった。ここから摂取すると、身体はどうなるのか試してみたいらしい。

無論、断る理由はない。早速やってみようということになった。

ねむの家だと、オヤジさんにバレるかもしれないということで、今は俺の部屋にいる。

　ちなみにオヤジさんは、オフクロさん側がサキュバスの家系だということは、一ミリも知らないで結婚した。なので、ねむがサキュバスになったことはなにが何でも墓場まで持って行く秘めごとだ。

　ねむはベッドで仰向けに寝転ぶと、自らアナルを広げるように見せた。細い指に力がこもって、すぼまったピンクのアナルがやや口を開いた。

「どうかな？　オチンチン入りそう？」

　ねむのアナルは何度も見てきた。膣穴に挿入するとき、よく締まっていた様子が蘇る。快感を得たときにも、いやらしく収縮していた。でもやはり小さい。オマンコよりも小さく儚《はかな》げに見えて、いきり勃つペニスを挿れるのは申し訳ない気すらしてくる。

「もうちょっと広げてみるね。う、うぅんっ……」

ねむの手指が菊のように緻密なシワをさらに広げた。

（エロいな。マンコみたいに中が真っ赤だ）

自分でアナルを広げながら感じているのか、オマンコからあふれ出した愛液が、菊座まで垂れてきた。切なげに見えた小さな蕾がトロリと濡れて扇情的だ。

俺はたまらなくなってねむに覆い被さった。

「マンコ濡れてるぞ。ねむ、興奮してるんだな」

「そ、そうかもぉ……ああっ……もうオチンチンちょうらい。アナルに入れてぇ……」

アナルを見たときから、痛いほど勃起しているペニスをあてがう。ねむの身体を押さえ込み、体重をかけていく。

ごく硬い男根の切っ先は、アナルへと埋まっていった。

「うっ……んんーーーーっ、くは、あぁぁぁぁ……」

ねむの表情が苦しそうに歪む。やはり初めてのアナルは、処女喪失同様に痛むのだろうか。俺はというと、オマンコとは違う感触にぞわぞわとした快楽を感じていた。

ゆっくりと中に進めて、半《なか》ばまで埋まったときねむが大きく息をついた。

「痛いか？」

「んう、うぅっ……はぁぁ……だ、大丈夫。一番大きいところ、入ったから。動いて？」

「わかった」

アナルへさらに男根を押し進めると、ついに根元まですっぽりと埋まった。小さなすぼまりが全開にまで開いて、肉根をすっぽり飲み込んでいる。

「あ、あぁんっ、くっ……お、お尻があっついぃぃぃっ……んんっ、はぁ、ふぅぅ」

ねむの表情も硬さがとれていた。ゆっくりとペニスを抜き差ししていく。やはり、膣穴よりもずっと入口が硬い。そこを突き崩すように挿抜していく。

「はぁぁぁ……う、うぅぅ！　んんっ……つふぅぅぅぅっ」

(やっぱりきついな。でも、そこがいい)

「ふぁ、ああっ……はぁぁぁ……ちょっとだけ……感じてきたかも」

「ああ、広がって濡れてきたっていうか」

きつかった入口がほぐれ、徐々にペニスが自由に行き来できた。ちらりと見ると、アナルが濡れて光っている。腸液が染みて潤滑油となっていた。

「んんっ、お尻も、おつゆ出てるんらねぇ……あ！　あ！　あぁ……」

もっとも深いところへと突き込んでいく。アナルの中は非常に柔らかくて窮屈だった。

膣穴とは違って、内部の細かいヒダが撫でてくるようだ。狭いところをかきわける感触が心地良くて、律動が速くなってしまう。

「ふひっ！　あぁぁーーー、ふはぁぁ……お尻チリチリ熱くなってるっ。あ、あぁ……ごりごりすごいぃぃ、んんーー、はうぅぅっ……」

「いいよ。ねむのアナル」

最初は食いちぎられるかと思ったが、だいぶ緊張がほどけていた。入口がゴム管のように硬かったが、今や膣穴のように真っ直ぐ出し入れできる。中の直腸もまた細かいヒダが重なっており、柔らかく男根を揉んでくる。

「はぁっはぁっ、んんっ、アナルと一緒にオマンコも感じてきたぁ。子宮ゴッゴッってされてるみたい。あ、ああんっ……お尻の中……うねうねしてるぅっ」

ねむが唇を震わせ、快感に頬を赤くする。アナルの快感が膣穴へも飛び火していた。

濡れそぼった膣口が、ブシュリと唾液を吐くように雌汁をこぼす。

「どっちも感じてるんだな」

ねむが涙を浮かべながら、小さく頷く。アナルで膣穴も感じるとは。想像以上にねむの身体はいやらしかった。

目がぐるりと回って、白目がちらつく。だいぶ快感が絶頂へ近づいていた。

「あ、あ、あはっ……お、お尻擦れてるぅ。お尻、感じちゃってぇ……あ、あん！　イッちゃう！　初めてなのにぃ！」

急激にアナルが締まってくる。根元が鬱血しそうなほど、力があった。そこをかきわけて、さらにグラインドを大きくしていく。

カリ首に入口がひっかかり、肉竿の感度が上がる。

「絶頂アナルいいぞ。好きなだけイって」

「あ、あひぃいい！　アナルでオチンポ気持ちいい！　ふあ、んぐぐっ、もう絶頂ガマンできないっ」

腰をしならせ、ズンズンとアナルへとねじ込んでいく。肉竿にぴったりくっついた粘膜が、ザラザラして心地良い。

頭を左右に振りながら、ねむが恍惚とした表情を見せる。だらしなく垂れた舌が光っていた。絶頂に襲われて意識がぼやけている。尻を突き出して悦ぶねむは淫乱な雌犬だ。

見ている俺も興奮が止まらず、ぐちゃぐちゃにかき混ぜる。

「アナルでイッちゃう……！　もう限界きてるのぉっ、はぁ、はぁっ！　イキマンコ、イキアナルぅぅぅ……はぅぅぅぅ～、らめらめぇ気持ちいいぃぃ！」

「あぁ出るっ！」

ねむが顎をあげ、背中をつっぱらせる。雄の体液がゴプゴプと、アナルの深いところへ流れ込んだ。

「むっほぉぉぉ～～～アナルに中出しきたぁぁ……！　あ、ああひぃぃぃいっ……ん！」

想像以上に射精が長い。肉竿がヒクリと跳ねると、ようやくすべてが放出された。

「はぁあ、あぁぁ……アナルイキしちゃったぁ……ザーメンが入ってくるぅ」

ねむの表情がますます蕩けていく。精液が身体に吸収されているのだろう。放精されたアナルが、吸いつくように収縮する。中にたっぷり溜まった白濁が逆流していた。

泡をまといながら、じっとりと垂れている。

「イキマンコが二つに増えちゃったみたい。んんーー、魔力いっぱい溜まったぁ」

「マンコ二つか。じゃあ、絶頂も倍だな？」

「うんっ、そうらよぉ、はぁぁぁ、目が回るう。アナル気持ちいいぃまんまだよぉ」

ねむが尻を揺らしながら、潤んだ目で俺をちらちらと見る。ギュゥッと急激にアナルが締まり、膨張した男根がビクリと跳ねる。押し出されそうな予感に、俺は前屈みになって踏ん張った。当然これで終わりではない。今後は遠慮しないで精液を取るのだと約束したのだ。

それから幾度となくアナルセックスを堪能して、最後はお互い泥のように眠った。


久しぶりに惰眠を貪りたいと思っていたが、誰かの気配に意識がはっきりとしていく。

また淫夢かな？　視界がぼやけていて状況がよくわからない。視界が暗い。というか、暑い？　それに、なにやら甘酸っぱい匂いがする。

「ねぇ、ここ舐めてぇ？」

目の前に淫靡《いんび》な割れ目があって、鼻先に迫っている。そこを指をV字にして広げており、熱気が顔にかかっていた。

「ねむ、また夢に入ってきたな……」

「うふふ。そうだよ。サキュバスらしいでしょう？」

ようやく事態が飲み込めた。

「俺にまたがってるのか？」

いる。

「ねぇ、いっぱいいやらしいことしよう？　舐ーめて。私のオマンコペロペロって」

じっとりと濡れた陰唇が接近してくる。わずかに開いており、うっすらと雌汁が流れている。

昨夜はアナルセックスに耽《ふけ》っていた。今度は朝フェラならぬ、朝クンニを迫るとは、サキュバスとして、十分成長したように思えた。

「お願い、割れ目ベロベロってしてぇ……クリちゃんも舌先でチョンチョンって」

「しょうがないな」

俺は舌先を尖らせて、縦筋をなぞった。甘酸っぱい匂いと雌汁の味が、ピリリと舌にくる。柔らかい肉ビラがめくれて、中の陰唇が見えていた。

「んあ、あぁ……んーーー、あ、あふっ……ベロがぁ割れ目広げてる……はぁ、はぁ」

なめくじが這うように、じわじわと陰唇を舐める。肉ビラを味わい、膣穴を少しずつほじるように。生ぬるい雌汁が口に入ってくる。クンニを始めたばかりだというのに、ねむはもう感じていた。

尻を揺らしては、ほうと大きく息をつく。

「はぁ……ナメナメされて気持ちいい……はぁぁ、あん、べろんてきたぁ」

ねむがビクビクと肩を震わせて、足先を丸めていた。もう我慢できないといった様子だ。

陰部を往復する舌が、上下左右に割れ目を行き来する。雌汁の酸っぱい匂いと、あふれる熱気にテンションがあがっていた。

（すっごい濡れてる）

舌先にぶつかる肉ビラの厚みや、口に流れ込んでくる雌汁の酸っぱさが喉に染みた。

強く撫でると、ヌプリと舌先が入り込む。鼻先に芳香な雌の匂いが直撃した。

「んん〜〜〜っ！　硬いベロォ、ふは、あぁっ……ズッズッて……あひぃいい、入ってきちゃう。ひゃあああ……」

気がつくと、雌穴はドロドロに濡れており、本気汁が垂れていた。それらを吸いながら、包皮に埋まったクリトリスを探り当てる。

硬くなった淫核を吸い上げ、顔を横に振りながら舌先でなぶった。

「クリちゃん、剥いちゃってぇ！　あむってつまれてる！　つんつん小突いてっ……はうううう……！　ビラビラ開いちゃったぁ」

ねむがぐっと背中を反らし、身悶える。控えめに絶頂したのだろう。

ダラダラと垂れる雌汁が、ますます口内へ流れ込んでくる。この酸っぱさにも慣れ始めた。ごくりとねむの本気汁を飲み下す。ますますペニスが隆起したように思えた。

「はぁぁ。はぁぁ。クリすごいぃいいい。んんっ……ふぅぅ……オマンコ汁ごくごく飲んでくれたのねぇ……」

またも雌汁があふれてきた。口の中で味わいながら、静かに飲み下す。喉を通過し、臓腑にしみていった。腹の奥が熱くなるようで、ムラムラがすごい。

わざとらしく、ジュルジュルと派手に音をあげる。

「オマンコ、じゅっぽじゅっぽらめぇ、はぁ、あ、はぁ……あはぁ……んんっ」

ねむがいやいやと首を振る。その振動で、俺の舌もまた膣穴へと埋まっていった。折り重なった粘膜が舌にぶつかり、唇が陰唇と合わさる。陰部とキスをしたようだ。

夢中になって頭を揺らし、尖らせた舌先で膣穴をかき混ぜる。

(エロい匂いでおかしくなりそうだ)

ねむが上体を倒して、眉間にシワを寄せている。うっすらとしか見えないが、ねむが何かを堪えているように思えた。

「うぅぅっ……んんっ、ああっ……乳首ジンジンしてぇぇ……ふは、ああっ……ふは、うぅっ……どうなっちゃうのぉぉ？」

顔面騎乗位のために、はっきりとはわからないが、差し込んだ舌が雌穴にこねられるようだった。陰唇がブルブルと震えて、顔を出したクリトリスの熱感が増している。

「好きに動いていいからな」

チラチラとねむの表情を窺いつつ、舌先で大胆に割れ目をなぞる。

「はぁっはぁっ、んんっ！　くふ、あ、ああっ……す、すごいっ……絶頂が溜まってきたみたい！　ああ、あ、あっ……だ、だめぇぇーーーーっ!!」

ねむがビクビクと震えて、大きな声を出した瞬間、陰唇からブシュッと雌汁が吹き出した。噴水のように勢いがあって、ビシャビシャとそこら中にまき散らしている。

「うわっ？」

陰唇に顔をくっつけていた俺は、もろにかぶってしまった。額や髪にまで飛び散っている。スコールにでも遭ったようだ。

「はぁ、はぁ……あれ？　私……んん、今、何が起きたのぉ？」

ねむが首を傾げながら、荒い呼吸をする。口元は緩んでおり、惚けていた。トロンとした目はどこを見るでもなく、ぼんやりしている。絶頂したときの顔だった。

「潮吹きってやつかな？」

「潮吹き？　今の……あ、あぁ……すっごく気持ち良くなったって思ったら、なにか出たんだ。はぁ、はぁ、ごめんね、拓夢、顔に……」

「大丈夫だよ。ねむ、イッたろ？」

「う、うん。オチンポでイクのとは全然違ったよ」

照れながら、自分に起きたことを話す。潮吹きに戸惑っていても、絶頂感に嘘はなくて、肩でゆったりと呼吸している。そんなねむが可愛くて、アクメでぷるんと震えているクリトリスをまた舐めてやった。

「ふあぁあん！　ああっ……！　だめだよっ、舐められるとっ……今すっごく敏感なのにっ構わず、脚の付け根に飛び散った愛液も舐めていく。剥き出しになったクリトリスが真っ赤に腫れていて、そこを吸うと内腿がビクビクと跳ねた。

「んんっふあああんっ……ベロベロしゅごいぃぃいっ……だめだめっ！　あ、あっ……」

ねむがだめだというときは、たいていが感じすぎのときだ。そうなるとこっちもやめられない。感じている姿を見たい。いやらしい声が聞きたい。俺はビショビショに濡れた陰部を舐めまくった。

「ストップストップゥゥゥ、ほんと止まってってばぁぁぁっ……」

「ふが」

ねむに頭を押さえ込まれてしまった。調子に乗りすぎた。大人しく舌をしまう。子犬にでもなった気分だ。

「気持ち良くしてくれて、とっても嬉しいんだけどイキすぎるとつらくなっちゃうよ。それに、もうオチンチンが欲しいの」

ねむが肩を左右に揺さぶって、唇を尖らせる。サキュバスは快感も欲しいが、それ以上に精液を求めていた。特に、加減をしないと宣言したねむは素直だ。俺も付き合う覚悟はあった。

ねむが俺から離れると、急に辺りが見慣れた風景になった。夢じゃなくて現実になったのだ。

「拓夢は、私と一緒に夢と現実を行き来してるから境界が曖昧なのかも。だから続きしよう？　ここに、ぶっといオチンポちょうだい？」

ねむの細い手が俺のズボンの前を撫で上げる。はちきれんばかりに膨張していた。

細い手がファスナーを下ろして、丁寧に怒張を取り出す。

「準備できたよ？　さ……ここに……入れて？」

ねむの手が肉棒を掴んで、濡れた陰唇へと誘導する。

切っ先がヌプヌプと膣穴をかきわける。

「んんーーー！　あ、あっ……くふぅぅっ……は、はうぅ……は、入ってきたあっ……」

亀頭の太いところが膣奥へと到達する。膣穴の中は粘膜がゆるゆると蠢いていて、相変わらず気持ちが良い。挿入しただけで男根がでっぱりに揉まれて、腰に力がこもる。

「あ、はぁぁ……んんーー、このガチガチのオチンポの感触ぅっ……ふは、あぁっ……入れただけで……イキそうになるぅぅっ……」

「こっちも余裕ないっ」

ついさっき、ねむのマン汁を飲み、顔にかぶった直後だった。劣情があおられる。

俺は熱い肉ヒダが重なる陰穴をガツガツと挿抜した。やはり、ねむの膣穴は俺の形にぴったりだった。

「はぁ、はぁ……わ、わらひもっ……余裕ないよぉぉ……ああ、ハァァハァァ……ひゃんっ！　う、うう……もうっ……即イキしそうなのぉおっ！」

潮吹きするほど絶頂したために、ねむもいつイッてもおかしくなかった。

俺に突き上げられて乳房を震わせては、よがっている。鋭く突き上げてくるペニスを、思う存分味わっていた。

「あ、あっ……イクゥゥ……んんっ、もうイクゥゥゥ……ふあああっ……あ、ああ、あひぃいいいいいっ!!」

ねむが男根のリズムに合わせて腰を沈めてくる。自分の欲しいところへと導き、到達するとぐりぐりと尻を揺らした。

大きく開いた陰唇は、しっかりとペニスを飲み込んでおり、勃起したクリトリスが光っていた。

「あ、ああっ……イってるぅっ……ああ、んんー、オマンコイッてるぅ……んーーー！」

喉を見せ、背中を反らしながらねむが声をあげる。言葉通り、即イキしたようだ。

視界には、いきりたった肉根が肉壷に埋まる様がはっきり見えている。おっぱいは下から衝き上げるたびにリズミカルに揺れて愉しませてくれる。下半身と視界の刺激で俺もすぐに射精しそうだ。

「はぁぁんっ……オチンポがぁオマンコに吸いついてぐりぐりするよぉ！　気持ちいい！」

「ねむ、もうイク……！」

「はぁっ、あぁあっ！　うんっ……セーエキ、出して！　いっぱい出してぇ！」

ねむが座り直し、男根の位置を確かめながら動き出す。急激に速度があがった。

目もくらむような愉悦だった。ねむの膣穴は、吸盤がたくさんあるかのように肉棒にくっついて擦ってくる。

「はぁあああああぅ！　だめぇ私もイクイク！　これ、すっご……ああっあっあああっ！」

ねむが絶頂の声をあげたそのとき、俺は堪えていた白濁をぶちまけた。

「あ、あ、あっ……ビクッてなってるっ！　せーえききたぁぁ……ビリビリするぅ、アクメもきたぁぁぁ……あっづいぃぃぃぃ……」

ねむが喉を見せながら、頭を後ろに倒す。ツンと勃った乳首が揺れていた。

熱い精液を得て頬を緩ませたねむの顔は多幸感に満ちていた。俺も気持ちの良い射精に四肢を放り投げてぐったりとしてしまう。

だが、次の瞬間にはねむはもう淫靡な笑みを浮かべて舌なめずりまでしていた。

「はぁ、はぁ……ザーメン出したばかりなのに硬いまんまなんだから。じゃあ、どんどん搾っちゃうよぉ。手加減しないんだからっ……んん、ふは、あぁんっ……」

「マジかっ……うっ……」

俺の返事も待たず、ねむはもう腰を落としていた。ぐっと背中を反らして、肉竿の角度を変えてくる。膣穴で泡立てるように、力強く律動した。

「う、うぅんっ、どう？　射精されたばかりのオマンコ……オチンポ咥えたまま、ズリズリしちゃってるの……見える？」

ねむが脚をわざとらしく開き、陰部を突き出すような格好をしている。淫靡な肉ビラは開ききっており、男根を深々と飲んでいた。ジュブプッ……ズズッという重厚な水音を鳴らしていた。

「オチンポがズボズボきちゃってるんらよ。あ、あっザーメンホイップしちゃってる。ぜんぶ見えちゃってるよね……いやらしいオマンコがぁ……んんっ、あ、ああんっ……恥ずかしいっ……」

陰部を見せつけるように動くねむは、さらに背中を反らした。肉厚で赤くなったザクロのワレメからプクリと膨らんだクリトリスがさらに顔を出す。

「ああ。ねむのマンコ、エロいよ」

「はぁはぁ……ひ、ひんっ！　エロマンコ見てるんらねぇっ……はぁ、はぁ……！」

ねむは羞恥を覚えながらも、動いてしまう自分を止められなかった。顔を赤くしたまま、腰を揺らし続けている。潮吹きからの絶頂の連続に、心身が踊っていた。

「はあっはあっ……エロマンコがエロチンポでまたっ……イッてるぅぅっ！」

ねむが肩をすくめたときだった。ブルブルと震えながら、律動をぴたりと止める。膣奥

に亀頭を押しつけたまま、腹の奥から広がる愉悦を味わっていた。

「んんーーー、ああ、イイッ……オチンポぉしゅごいいいぃ……」

　下から強く突き上げると、止まっていたねむの巨乳が互い違いに跳ねた。

「ああん！　こ、こんなにオチンポ元気だなんてっ……また中で大きくなってるぅ！」

　翻弄されていたねむが、手足をブラブラさせながら、アクメを叫ぶ。恍惚としたたまま、無心に腰をくねらせていた。

「あ、ああっ……はぁっはぁっ、またオチンポでイク！　イクのぉ！」

「ああ、出すぞ」

　ねむが合図のように腰を上下に激し

く動かして、中の肉棒を擦りあげた。たまらずぶちまける。

ビュウビュウと白濁が放出されて、甘ったるさが背骨を駆け上がってくる。

「んはぁあああああん！　ふはあっ……！　オチンポミルクきたぁ！　ああ、いっぱいいい！　はぁ、はぁ、好きぃいいいい！」

互いの腰をぶつけて、快楽を貪る。

俺もねむもこれ以上ないほど身体を密着させて、またセックスに興じる。

一人前のサキュバスになるためだけど、なんだかもう単純に、ねむとずっとこうして過ごしたい、愛し合いたいと思った。

◆◆

その日の夕飯は、ねむの家でいただいた。オフクロさんとねむが腕によりを掛けてご馳走を作ってくれたのだ。

まぁ、大事な供給源として、とのことだろうけど、美味しかったので良しとする。

「かなり安定してきていると思うけど、何が起こるかわからないのよ」

ひと通り食べた後、オフクロさんがそんなことを言った。

「何が起こるかわからない？」

「ええ」

キッチンで後片付けをしているねむをチラリと見てから、息を潜めるように俺に話を始めた。

「私のお祖母ちゃんはね、一人前になる直前、まるで失敗したかのような暴走が始まったって言っていたの。私のお父さん……お祖父ちゃんを食べるような勢いで迫ったって」

「ええ？　食べるって」

「例えよ？　本当に食べてはないんだけど、でもそのくらい精液が枯渇して、飢餓状態に陥ったらしいわ。お祖父ちゃんは、なんとかそんなお祖母ちゃんを落ち着かせて、いつも通り精液を与えたの」

ごくりと喉が鳴る。

お祖母さんはサキュバスの姿で、飢餓状態になって凶暴化した。

（ええ？　それってかなり怖いんだけど？）

ねむのあの格好はエロいけど、冷静に考えたら角もしっぽもあってコウモリみたいな羽まで付いている。普通に「悪魔っぽい姿」だ。

その姿で凶暴化……怖いって。

それなのに、食べられそうな勢いで迫ってきたにもかかわらず、お祖父さんはいつも通り対処した。

(俺ならどうしていただろう？　怖くなって逃げてしまうんじゃないか？)

「そうしたらお祖母ちゃんは無事、一人前のサキュバスになったってわけ」

「そ、そうなんですね」

「お祖父ちゃんはそのとき、暴走した、一人前になれなかったんだって一瞬思ったんだけど、それでもお祖母ちゃんのことを見捨てられなくて、いつも通りのことをしたんだって」

それは……なんという深い愛情だろう。

失敗したけど、見捨てないなんて。俺は、ねむが暴走したらちゃんと対応できるんだろうか？　凶暴具合にもよるかもだけど、向き合えなかったら……。

「ねむのときはどうなるかわからない。何事もなく一人前になるかも知れないし、何か予測できないことが起こるかも知れない。でも、ねむのことを信じてね？　拓夢くんを傷つけようとはしないはずだから」

「そ、そうですね……そう願ってます」

俺は苦笑いでそう答えるしかなかった。


そして、とうとう満月の日がやって来た。日中、ねむの変化はほとんど見られなかった。いつものように底なしの性欲をぶつけてきて、精液を摂取していた。

俺はきっとうまくいくと信じてやまなかった。これだけがんばったのだから、たくさん精液を摂取したのだから、と。

　その夜は俺の部屋で散々精液を搾取した後、二人で眠っていた。夜中に尿意で起きて、部屋に戻ってきたところだった。

「拓夢……」

　なぜか部屋に二つの影。そして二重に聞こえる声。

「ねむ？」

　月が雲間から顔を出す。そこには、ねむが二人立っていた。

　顔も姿も声もまったく同じだ。

「……えっ？　ええ!?」

　たいていのことは、驚かなくなるほど強靱なメンタルになりつつあるけど、さすがにこれには驚いた。

「ねむが二人……？　え、どういうこと？」

　二人が悲しそうな顔をして、そろってこくりと頷く。まったく同じタイミングと速度だった。

「なんでこうなったのか、自分にもわからないんだけど」

　同じ声で、同じ速度で言われる。

「私、もしかして暴走しちゃったのかな？　一人前のサキュバスになれなかったの？」

「そっ……」

そうかもしれないと言いかけて慌てて止まる。

もしそうだとしたら、ねむは絶望する。絶望したら、凶暴化するかもしれない。

(サキュバスの凶暴化……俺は殺されてしまうのか?)

俺は部屋のドアノブの位置を確認して逃げる準備をした。

なんてことだ、あんなにがんばったのに、ねむは分裂をしてしまった。これは確実に失敗だ……。

「ごめんね、拓夢……」

「え……?」

二人のねむが同時に涙をこぼす。

「私、がんばったんだけどなぁ。拓夢のことが大好きで、こんなかたちでしか拓夢と一緒にいられないと思ったけど、嬉しかったんだ。一人前になるまでずっと一緒にいられるって思って」

「ねむ……」

「でも、失敗したら元も子もないよね。私、魔界に行かないと、だもんね。ぐす……ごめんね、拓夢。暴走しちゃって……失敗しちゃって、ごめんね」

俺はハッとした。大好きなねむが泣いている。自分は失敗したのだと言って……。

違うだろう、俺、ねむの面倒を見るって言ったとき誓ったじゃないか。できる限りの努力をする。ねむのことを守ってみせるって。

失敗したときのことは考えていなかったけど、でも、失敗して魔界に戻らないといけないからって見捨てるのか。ねむのこと、単純に好きで大事じゃないのかよ、俺。

「違う、ねむ」

「え？」

窓の外を見る。

見事な満月だ。今夜で一人前になるかどうかがわかるけど、まだだ。月が沈んで朝にならないと結果はわからないはずだ。だから、この分裂は失敗ではない。まだ結果は出ていない。

(オフクロさんが言っていた、直前の暴走だ。お祖母さんは飢餓状態になって、ねむは分裂というかたちで暴走したんだ)

「大丈夫だよ」

「え、え？」

「まだ満月が出ているから、失敗したと決まったわけじゃない。それに分裂してもどちらも俺には可愛いねむだから」

ねむが互いの顔を見つめる。そうしてゆっくりと頷いた。

「うん、拓夢。きっと大丈夫だよね？　信じてる」

俺は頷く代わりに二人のねむを抱きしめた。万が一これが失敗の暴走だとしても、俺はもうねむにとことん付き合う気でいる。一人前になれなくて魔界に連れ戻されても、帰ってくるまで待つつもりだ。

俺の腹は決まっていて、そう思ったらなにも怖くなくなった。

「もうガマンできないの、拓夢」

「いつものようにいっぱいちょうだい」

二人がベッドになだれ込むと、ゆっくりとパンツを下ろした。そろって陰部に手を添えて、クパァと開く。トロトロに濡れた女陰が、中を覗かせていた。

「どうぞ。ヌレヌレのオマンコに、精液をいっぱいください♪」

二人がにっこり笑って顔をこっちに向ける。ピンク色の愛らしい陰唇がひくついた。

夢のような光景だ。自ら陰唇を押し開き、尻を向けて俺を求める可愛いねむが二人もいる。

どちらへ先に挿入するか、こんなにも贅沢な悩みがあるだろうか。見比べても、同じように濡れており、何度もつながって俺の形に合ってきた割れ目だった。

「ねぇ、私にちょうだい♪」

「私が先だってば。いっぱいオマンコ濡れちゃってるんだもの」

「私だって濡れてるよ？　もう指がベトベトでマン汁が垂れちゃってるし♪」

二人の顔の距離がせばまってなぜか火花を散らす。まったく同じなのにライバル同士なのだろうか。

「モメるなって。どっちもエロいマンコなんだからさ。じゃ……こっちのねむっ」

俺はまったく同じ姿のねむの片方に覆い被さった。

そうして熱く蕩けている蜜壺に向かって肉棒を差し込む。

「あぁっ……！　いっいきなりっ……奥までっ……ふは、あぁぁんっ……！」

陰茎を根元まで挿入した。あったかくてねっとりした秘肉に腰が震える。バックからの膣穴は、正面よりも奥へ届いた。これも変わっていない。

ゆっくりと律動させて、深いところでゴッゴッと子宮口を揺さぶる。濡れた膣穴のざらつきや、体温を楽しみながら、擦りだした。

「んんっ、やっぱりぃ拓夢のオチンチンいい。んっ、はぁぁ、バックからも……ぴったりくるぅ……大きく感じちゃう……んあ、あ、ああっ……」

ねむが突き上げられながら、チラチラと俺を見る。色っぽい目つきが妖しさを帯びていた。深いところに届くと、背中を反らして声をあげた。

中を突くたびにブルブルと揺れる巨乳が見える。この絶景がまた興奮するのだ。

「んんっ……あ、あひぃっ……は、速くなったぁぁぁ……ふああ、あ、あっ……おちんぽすごいぃぃぃっ……ゴンゴンくるぅぅっ……」

ねむが声をあげたとき、アナルもまた小さくすぼまった。

「アナルがヒクヒクしてる」

「んあ、あんっ……見られちゃった……恥ずかしい。勝手にアナルもヒクヒクして動いちゃうの」

ねむの膣穴が、キュッキュッと根元から先端までを握ってくる。その狭いところを擦りたくて、律動が小刻みになっていた。

腰をぶつけるたびに粘着質の音が響き、ねむの尻肉が跳ねる。

「はっはっ……ふは、あああぁ～～～……いいっ！　ふは、ああっ……んーーー！」

ねむが喉を見せて、尻を突き出してくる。もっと欲しくてたまらないのだろう。素早くかき混ぜながら、がっしりと腰を押さえる。細いウエストがくねってしまっていた。

「ふあっ、ああっ……そこ、入り口っ……当たると、もうっヒザが折れちゃうぅぅ……」

恍惚とした表情のねむが、チラチラと俺を見る。愛らしくて、つい力が入ってしまった。たっぷりと蜜汁を湛えた膣穴は、さらに肉棒に馴染んでくる。快感を得ると、さらにうねった。

「あぁぁぁーっ！　い、イキ……そうっ。んんーー、ふは、あああ……」

「もうイッちゃうんだね。いいなぁ……」

隣のねむが、快感で乱れるもう一人の自分の姿を羨ましそうに眺めている。

やや目つきがトロンとしているから、間近で見て、身体が反応したのだろう。

乳首がツンと勃っていて、溜息が漏れる。

「はぁはぁ……先にイッちゃうからぁ。そうこれぇ……これが欲しかったのぉ」

「わかる。このオチンポたくましくて……入っただけでふわってなっちゃうんらよねぇ」

隣のねむは、思い出しているのか、遠い目をしていた。身体が絶頂を覚えているのだろう。それが隣で再現されて、疼きが止まらなくなっていた。

「次にやるからっ」

「やったぁ♪　ふふふ。準備できてるから……いつでもちょうだいね」

　ねむが楽しそうに微笑を浮かべている。目がキラキラと輝いていた。まだ突っ込んでいない濡れた陰唇がひくひくと揺れて愛液をポタリと落とす。よほど待ち焦がれているのだろう。

「んんっ……あ、あぁぁぁ……イッちゃうぅ。んっ……ふはあっ……んん……あ、あはっ……んんーーー!!」

　ねむの口元がだらしなく緩み、絶頂の声をあげる。やや白目が見えており、唇がワナワナ震えた。男根を咥え込んだ膣穴は、甘噛みするように収縮する。

「はぁはぁ……俺ももうっ！」

「イッてぇぇぇぇ！　オマンコにちょうらいぃぃ……はうぅぅ～～～！」

　ねむが頭をぐんと反らしたそのとき、俺はゴブゴブと白濁を放出した。心臓が高鳴り、汗が噴き出してくる。亀頭が子宮口にくっつき、熱い白濁を流し続けた。

「はぁ、はぁ、あぁんっ……あっつあつ搾り立てミルクぅ……あんっ……ドロドロらよぉ」

　ねむは膣穴をぎゅっと締めながら、放たれた白濁を味わっていた。押し出されて逆流した白濁が、シーツに垂れていく。

「はぁぁふぅぅぅ……んんっ……魔力またきたぁぁ……ザーメンすごいぃぃ……」

　ねむが大きな溜息をつきながら、夢心地と言った具合で肩を落とす。大量に中出しされて、絶頂が止まらないのだろう。だらりと舌を見せて、ぼんやりしている。

「あん、ずるい、何度も絶頂してるぅ。いいないいなぁ。ねぇ私にもオチンポちょうだい」

隣のねむが尻を突き出して、可愛くねだってくる。やや開いた肉ビラはべっとり濡れており、もう待ちきれないと言っているようだ。

俺は亀頭をねむの膣穴にあてがうと、静かに体重をかけた。

「ふは、あぁーーーー……！」

ゆっくりと白濁のしたたるペニスを挿入する。待ちわびていたかのように中が熱い。細かい粒が肉竿に張り付くようだった。ねむがワナワナと唇を震わせながら、項垂れる。

「ああん……とられちゃったぁ。はぁ、はぁ……」

隣のねむは肉ビラの合わせ目が開いて、ボトボトと精液が垂れていた。シーツにいくつものシミが出来ている。恍惚としていて、巡っている愉悦を堪能していた。

「んんっはぁぁっ……ゆっくりなのにっ……奥は強いっ……」

数回、ゆっくり突き上げた後、叩き込むように素早く突き上げる。白濁に濡れたペニスはもう、蜜汁できれいに洗われていた。

「あ、あぁぁぁ……！　奥くるぅ、あ、あぁっ！」

力を込めて肉棒を押し込んでいく。すでに出来上がっていたせいか、蜜壺がペニスを溶かすように吸いついてきた。狭いところを押し広げ、でっぱりの密集地帯を抜き差しする。

（うん。まったく同じだ……さっきのねむと差し込んだときの抵抗や、奥に入るときの甘やかさはコピーしたようだった。やはり、二人ともねむだ。見た目だけじゃなくて、膣穴もそうだ。けれど、どちらのオマンコも気持ち良いことに変わりはない。

奥へ奥へとペニスを突き込んでいく。全速で全力だった。ねむがせわしなく瞬きをしたと思うと、ひっぱられるように顎を上げた。

「あ、あ、あ、ああっ……イクゥ、イッちゃうのぉっ……もう即イキらよぉ！」

体重を前にかけながら、最後に向かって速度を上げる。汗がほとばしり、猛り狂っていた。濡れきった肉壷をめちゃくちゃにかき混ぜて、込み上げてくる衝動を解き放つ。

「もう出る」

「あんっあああんっ！　私もぉ！　いっぱい、セーエキちょうらいぃいい！」

ねむが絶頂のあまり、上半身をよじらせる。俺は一滴残らず、情熱の塊をまき散らした。

空中にひっぱられるように、衝動が脊椎を駆け上がってくる。目が回るほどの射精感に、呼吸が止まったようだった。

「んはぁぁぁ、ザーメンミルクきたぁ！　はぁっあああん！　すっごいぃぃぃ！」

中出しされたねむが、惚けた表情で溜息を漏らす。肉竿のゆらぎを感じて、興奮していた。最後まで振り絞って、受け止めたいのだろう。

「はぁ、いいなぁ……中出しの瞬間って超気持ちいいんだよねぇ……こっちのクリまでピクピクしちゃって」

もう一人のねむが、まだ繋がっている結合部分を見て心底羨ましそうな声で言った。

そうして射精感に浸っている俺に向かって、尻を突き出して悩ましく揺らしてくる。

白濁がまだ溢れていて、ピンクの陰唇が光っていた。

「次は私だよ？　ああんっ……隣でエロエロになってる私見てたら、もう疼いて止まらないんだもん。オチンポはめてぇ」

「だめだめぇ……まだ私のオマンコの中にいてぇ」

二人が悩ましい声を出しながら尻を振る。たまらない光景だ。俺は再びもう片方のねむに挿入して、存分に突いた。やがて交互に二人のオマンコを突いて、同時に昇天させた。

「あぁーーー、こっちきたぁ！　欲しかったのぉ！　あぁぁ……また、イッちゃう！」

ねむは口を引き結び、腰をしならせて絶頂にむせんだ。背後から見える巨乳が、二人分がそろって揺れている。いやらしい眺めにますます興奮できた。

「あはぁん！　こっちのオマンコも突いてくれるの？　嬉しい……！　あっあっ、おっきいのがズンズン……奥に当たるぅ！」

「いい、すっごくいいっ……！　はぁはぁ！　絶頂オマンコになっちゃったぁ！」

背中をピンと伸ばしながら、二人のねむが絶頂に身体中を震わせる。汗を飛び散らし、同じ嬌声が二人分響く。

最高の時間だ。天国と言っていい。二人の可愛いねむが、俺を求めてイッて、歓喜した。

（そうか。サキュバスっていうのは、こうやって最高の夢を見せてくれるものなんだな）

「もう、らめらめぇぇぇ！　しゅっごいよぉぉぉっ!!　あ、あ、ああーーーーっ！」

「オマンコぐちょぐちょぉぉぉ！　イク！　イクぅううん！」

二人は同じように唇を震わせて、白目を見せながら、何度となく声をあげた。辺りが熱気に包まれる。

俺は惜しげもなく、二人にたっぷりと精液を与え続けた。

◆◆

夜が明けた。太陽が昇ると同時に、二人に分裂したねむは、一人の姿に戻っていた。やはり一人前になる直前の暴走だったようだ。

ともあれ、これでねむが一人前になったのか、そうじゃないのかがわかる。

俺はねむと一緒にねむの家にいて、オフクロさんと向き合っていた。緊張で胸が押しつぶされそうだ。隣に座るねむは俺よりももっと緊張していて、小さく震えている。

その手をそっと握る。

「拓夢……」

「大丈夫、大丈夫」

根拠なんてないのに、そう繰り返し呟く。きっと俺自身にも言い聞かせているのだ。

ねむはこくりと力強く頷くと、目の前の母親を神妙な顔をして見つめた。

「では……これを」

オフクロさんが、風呂敷に包まれたものを取り出した。それは、なんだか古めかしい手鏡だった。鏡面の周りは花や葉の凝った装飾が施されていて、よくわからないけど年代物の価値がありそうな代物だ。

「ねむ。これは〝真実の鏡〟と言って、本当の姿を映すの。どれだけとりつくろっても、鏡は嘘をつかないわ。そして、この鏡は、魔界にも通じててね。もし、ねむが半人前なら祖母ちゃんが出て来て、ねむを修行に連れて行ってしまうのよ」

ねむの顔がこわばる。

そんな鏡ひとつでわかるものなのか、正直疑問だけど、間違いないのだろう。

俺の握る手にも力がこもった。

「どうしよう……」

「大丈夫だって。あんだけやったんだから、半人前のわけないよ」

弱気になったねむが、俺の腕にしがみついてくる。心臓がドクドクと高鳴っていた。

こっちも口ではそう言うが、祈るような気持ちだ。

「さ、鏡をのぞいてごらんなさい」

「は、はい」

ねむが大きく息をつき、鏡に近づいた。怖いのか目は閉じたままだ。

「ちゃんと見るのよ？」

オフクロさんに促されて、ねむはおそるおそる目を開けた。隣で俺ものぞき込む。

鏡にはねむが映っていた。隣にいるねむと、鏡の中のねむはまったく同じだ。

これは、どういうことだろう？

「あれ？　私……何も変わってないよ？」

ねむにもそう見えるようだ。ねむが小首を傾げると、鏡の中のねむも同じ動きをした。

すると鏡の中から拍手と声が聞こえてきた。

「うむ、無事にミッションクリアじゃな。ねむ」

これはおそらくサキュバスのお祖母さんの声だ。本当にこの鏡は魔界と繋がっているのだな。続けてオフクロさんも言う。

「おめでとう。ねむ。あなたは一人前のサキュバスになったのよ」

「え……わ、私……本当に？」

「本当よ。一人前になっていなかったら、この鏡にはサキュバスの姿のねむが映っていたはず。でもいつもの普段のねむが映っている。一人前になってコントロールができている証拠よ」

たちまちねむが笑顔になった。

「やったな。ねむ……わっ⁉」

俺の腕の中に飛び込んできた。オフクロさんがいるけど、その身体を思わず抱きしめた。

「拓夢、ありがとう。ずっと付き合ってくれて……側にいてくれて……」

「ああ……」

オフクロさんと、おばあさんは泣いているようだ。

俺は、安心したのか力が抜けそうだったけど、がんばって泣きじゃくるねむを抱きしめていた。

これで俺とねむは離ればなれにならない。これまでも、これからもずっと一緒なのだ。

エピローグ 幸せ搾精ライフ

これまでは、サキュバスのねむに精液を与えるために、一緒に過ごしていた。夜は淫夢でねだられ、朝は朝勃ちを狙われ、学校でも帰宅してからもだった。

でも今は少し違う。

「ねぇ。サキュバスと制服、どっちがいい？」

「いきなり、何聞いてんだよ？」

「だぁって、たまには聞くのもいいかなって。せっかく一人前になったんだし♪」

ねむはご機嫌でそう言った。

少し前までの、欲望の止まらない半人前のサキュバスではない。今も欲しがるけれど、場所と時間を選ぶ余裕が出てきた。

喜ばしい反面、少し寂しいと思ったり……贅沢だな、俺。

「ね、どっちがいい？　いいんだよ？　遠慮しないで」

「遠慮なんてするかよ。ていうか、べつに……どっちがどうってことないし」

照れて語尾が小さくなってしまう。気づいたねむがくすくすと可笑しそうに笑った。

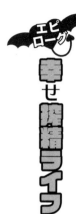

「またそんなこと言っちゃって。拓夢は、サキュバス姿のほうが興奮しちゃうって、思ってたけど？」

み、見透かされてる？　いや、制服にはミニスカの良さがある。サキュバスはコスプレというか、裸よりもエロいというか……。究極の選択だ。どっちにしたら？

（なんで俺、真剣に悩んでいるんだ？）

「ねぇねぇ。そうでしょう？　当たり？」

ねむが迫ってくる。やけに楽しそうで、こっちは腰が引けていた。どうもくすぐったい。家族も同然だった頃の名残だろう。

「だからないって言ってるだろうが。どっちだってねむなんだし」

ねむが一瞬目を丸くする。そして嬉しそうににっこりと微笑んだ。

「もぉ、嬉しくてにやけちゃうよ。私ならどんな格好してても可愛いだなんて♪」

「そこまで言ってないけど……」

「いいのいいの♪　顔真っ赤だよ？　拓夢が素直じゃないのは知ってるもんね」

「なんだそれ。はは……」

つい笑ってしまった。ねむは俺をわかっていた。ちょっと悔しいけど、もう何かに抵抗したりこだわる必要はない。

俺とねむは改めて恋人同士になったのだから。

「じゃあ……普段の私にして？」

ねむが制服のまま、抱きついてくる。柔らかくていい匂いがするいつものねむだ。

俺は抱き寄せてキスをする。唇を押し開いて、舌を口内へと伸ばした。ねむのふっくらとした胸が、押しつけられる。柔らかくて温かい。

「ちゅっ、ちゅく、ちゅぅ……んん……」

互いの唇が少し離れる。半閉じで潤んだ目が俺を見つめていた。

「はぁ……んっ……今日もいっぱい精液ちょうだいね。拓夢の精液じゃないとダメなんだからね」

「わかってるよ」

一人前になって俺以外の男の精液も摂取しても良いのだけれど、ねむは俺の精液しか取らない。

ねむの家系だけかもしれないが、愛した人の精液しか欲しくならないと、ねむのお祖母さんは言っていた。ねむはそれを受け継いでいるのだ。

(愛した人の精液しか……)

「やっぱ照れるわ」

「んん？　なになに？」

「いや、なんでもないよ」

「じゃあもっとキス、してぇ？」

ねむがモゾモゾと尻を揺らしながら、しがみついてくる。子供のように愛らしかった。

制服のスカートの中をまさぐりながら、キスを繰り返す。ベッドに倒れ込んで、すっかり濡れている蜜壷へ狙いを定めて一気に貫く。

「ふぁあああん！　あああっ、はぁっ！　拓夢のオチンチン、最高！　大好きぃ！」

「俺もねむのオマンコ、大好きだ」

何度目かのピストンで早くもねむは絶頂に達し、俺も熱い白濁が肉竿を駆け上がり、ねむの子宮内へと注ぐ。

下半身が縮み上がるような快感に、呼吸が止まりかけた。肉根がドクドクと脈動しながら、最後の一滴まで注ぎ込んでいく。

「はぁっはぁっ！　あああんっ、ビクビクって……あ、あぁ……オチンチンから……音がしてるぅ」

ねむが内股を痙攣させる。白濁を受け止めた膣穴は、きゅうきゅうと収縮しており、すべて搾り取ろうしていた。絶妙な喰い締めに溜息が漏れてしまう。慣れ親しんだねむの膣穴は、相性が抜群で最高だった。

「ああ、拓夢のオチンチン、先っぽ大きくて……ぐいぐいきて……あん。いいところ言うとキリがないよぉ……」

ねむが涙を浮かべて褒めてくれた。愛らしくて可愛くて、ますます胸が熱くなる。程良く熱い膣穴にあおられて、肉棒もまた膨張していった。

「あ、ああんっ……嬉しいっ……また、大きくなって……ふは、あっ……あぁぁーーーっ！」

ねむが背中を反らして、喉を見せる。振動が強くなり、ツンと勃った乳首もまた跳ねている。

「はぁっはぁっ！　すっごいくる！　オチンチンの威力すごいのぉ！　もう即イキィィ！」

ねむが目を白黒させながら、切ない声をあげる。男根を求めて、より接近していた。もっと感じたい。イキたい。種付けされたい。一人前になっても気持ちは変わらず、身体から熱い想いが伝わってくる。

「オマンコが蕩けて……ああ、クリも奥もみんなすっごい！　一緒にイッてぇ！」

「ああ、イクよ」

「ふぁあああん！　なっ中に出してね！　私のここにっ……はぁぁはぁぁ……好きなだけっ……出してぇぇぇ！」

ねむが絶頂の声をあげた瞬間、俺は溜まっていた欲望をぶちまけた。身体の奥から熱いものが噴き出ていく。

「はあ、あぁぁあああ……んんっ！」

　ねむは白濁が放出されるたびに、肩を震わせた。自分の子宮内へ流れ込む感覚に酔っている。恍惚とした表情で、ぼんやりと視線を中空に漂わせた。

「嬉しいよぉ……こんなにも感じちゃうんだねぇ。恋人同士ってすごい」

「そうだな」

　息切れしながらねむの頬に手を伸ばす。幸せいっぱいというのが伝わってくる。

「私、サキュバスでよかったかも。だって、違ったらこんなにラブラブになれなかったもの。これからも一緒にいようね」

「ああ」

　改めてねむを抱きしめる。気恥かしさはもうなくなっていた。素直にねむが可愛くて愛しかった。

　これからも精液が搾取される日々は続くのだ。

　魔力のなせる技なのか、もともとなのか、幸い俺の精力はますます漲って衰え知らずのようだ。一人前のサキュバスに見合うことができて何よりだと思う。

（いつか年を取って干からびることがあるかもだけど、そのときはそのときだ）

　ねむの底なしの欲求が満たされるまで、永久に付き合ってやるさ。

おしまい

あとがき　望月ＪＥＴ

望月ＪＥＴです。

『いきなりサキュバス〜いちゃらぶ搾精ライフ〜』でした。いかがでしたか？

サキュバスですよ、サキュバス。幼い頃、西洋の妖怪図鑑みたいなものが家にありまし
てね、その中にいたんですよ、サキュバスが。

なんちゅうエロい妖怪だと困惑しつつも、ニチャアした覚えがあります。

今作品は、とにかくヒロインのねむちゃんが可愛くて、ゲームプレイ中も執筆中も、顔
がニヤニヤしっぱなしでした。

王道のようなお姉様系サキュバスも好きですが、ツンデレなサキュバスもいいですよね。

最近はお母さんタイプのサキュバスが新しいんじゃないかと思ってるんですが、どうで
しょうか？

そんな企画があるとおっしゃる企業様、お声をかけて下されば馳せ参じます。

令和三年　五月某

ぷちぱら文庫

いきなりサキュバス
～いちゃらぶ搾精《さくせい》ライフ～

2021年 6月 28日　初版第1刷 発行

■著　　者　　望月JET
■イラスト　　椎架ゆの
■原　　作　　ZION

発行人：久保田裕
発行元：株式会社パラダイム
〒166-0004
東京都杉並区阿佐谷南1-36-4
三幸ビル4A
TEL 03-5306-6921
印刷所：中央精版印刷株式会社

PP0395

既刊案内
聖なる天使を闇へと堕とす
異種姦陵辱！
淫紋刻印！
魔犬獣姦！
タピオカ産卵！
媚薬注入！
腹ボコ巨根挿入！
丸呑み！
耳孔姦！
肉壁拘束！
完堕ちするまで
終わらない快楽地獄！
聖光天使
SACRED ANGEL
ノエル
悪魔の刻印と無限淫獄
ぷちぱら文庫 368
著 蝦沼ミナミ
画 ちくび
原作 ZION
定価 810円+税
好評発売中！